casasola
www.casasolaeditores.com

Abigail Guerrero

———

Cuentos para beber
con un huacal de shuco

———

Stories to drink
with a bowl of shuco

———

Traducción de Rick Mc Callister

Cuento para beber con un huacal de shuco.
Título en inglés: Stories to drink with a bowl of Shuco.
Autora: Abigail Guerrero ©
Traducción al inglés de Rick Mc Callister ©
Prólogo de Rafael Lara Martínez ©
—1a ed, 2013; Casasola Editores©
206 p. 5.25 x 8 pulgadas
ISBN: 9780-9887812-6-9

215 East Hill Rd. Brimfield MA. 01010
(413) 245-3289

Portada y contraportada: Mario Ramos
Diseño y diagramación: Oscar Estrada

Impreso en Estados Unidos.
© Casasola Editores

info@casasolaeditores.com

Abigail Guerrero

Cuentos para beber
con un huacal de shuco

Stories to drink
with a bowl of shuco

Traducción de Rick Mc Callister

Casasola Editores

Abigail Guerrero (1972). She graduated as professor of Literature and later, with a Licenciatura en Letras at Universidad Centroamericana José Simeón Cañas, UCA. She has participated in international conferences as a writer and critic. In 2008 she participated in Jornadas Andinas de Literatura Latinoamericana (JALLA,) Santiago de Chile. She has been a teacher and instructor of Spanish, Language and Literature for over 15 years, and has worked as a text editor for various publishing houses.

The totality of her work brings together genres of poetry, short story and a novel of sciece fiction, as well as text books on Language, Literature, Spanish Grammar and Teaching Strategies based on the Constructivist focus. Her works include:"El Salvador poem published in the Canadian journal *Macomère* (2010); *Del Túnel y el Retorno* (Poesía, 2005); *La isla (existencialistas poems,* 2007); *Mil años de poesía hispánica*, coauthored with Dr. Richard McCallister (Published by Imprenta Jurídica Salvadoreña, 2008); *Memorias del reloj sin tiempo* (poems about the war in El Salvador, 2012)

Cuentos para beber con un huacal de Shuco joins 7 stories about characters who love, laugh and feed from an everyday substance that nourishes them and brings them together, as a group without time nor borders. Some of them rebel against the oppressive structures of a system that finally makes them pay the price for subverting order where they dwell.

Abigail Guerrero (1972). Se graduó como profesora de Literatura y más tarde, como Licenciada en Letras en la Universidad Centroamericana José Simeón Cañas, UCA. Más tarde realizó estudios de postgrado sobre los enfoques educativos: constructivismo, comunicativo funcional y por competencias. Ella basa sus libros didácticos en estos enfoques. Ha participado en conferencias internacionales como escritora. En el año 2008, participó en Jornadas Andinas de Literatura Latinoamericana, en JALLA, Santiago de Chile. Ha sido maestra de Español, Lengua y Literatura por más de 15 años, y trabajó como editora de textos en diferentes editoriales.

La globalidad de su obra comprende los géneros de poesía, cuento y una novela de ciencia ficción; también comprende libros de texto sobre temas de Lengua, Literatura, Gramática española y Estrategias basadas en el enfoque constructivista para la clase de español. En el año 2012 publicó en la revista canadiense *Macomère*. Entre sus obras se encuentran *Del Túnel y el Retorno* (Poesía, 2005); *La isla* (Poemas existencialistas, 2007); *Mil años de poesía hispánica*, en coautoría con el Dr. Richard McCallister (Publicado por Imprenta Jurídica Salvadoreña, 2008); *Memorias del reloj sin tiempo* (Poemas sobre la guerra de El Salvador, 2012)

Cuentos para beber con un huacal de shuco reúne 7 cuentos protagonizados por personajes que aman, ríen y se alimentan de una sustancia común que los nutre y los enlaza, en una unidad sin tiempo ni fronteras. Algunos de ellos se rebelan ante las estructuras opresivas de un sistema que finalmente, les hace pagar el precio por subvertir el orden donde habitan.

TABLE OF CONTENTS

ÍNDICE

I dedicate this book to my father, the authentic master
who showed me one day, the cultivation of talking flowers,
in the mysterious routes toward
the heart of the verse.
To my mother, whose sweet voice put out
the solitude of my silence.
To my husband, Rick, who is the dawn
in all my darkness.
To my son, mi priceless treasure, the little angel
Who every day opens locks, infinite portals,
Toward a horizon full of colors,
That invite me to the path,
That welcomes me to life
The beginning of time,
again . . .

Dedico este libro a mi padre, el auténtico maestro
quien me mostró un día, el cultivo de flores parlantes,
en las misteriosas rutas hacia el corazón del verso.
A mi madre, cuya dulce voz apagó la soledad
de mi silencio.
A mi esposo, Rick, quien es el amanecer
en cada oscuridad.
Y a mi hijo, mi invaluable tesoro, el pequeño ángel
que cada día abre los cerrojos, los portales infinitos,
hacia un horizonte lleno de colores,
esos que me llaman al sendero,
esos que convocan a la vida,
al despuntar del tiempo,
 otra vez. . . .

FILTH MADE WORD
THE POETICS OF SHUCO
BY ABIGAIL GUERRERO

Rafael Lara-Martínez
New Mexico Tech
Desde Comala siempre…

I

Very few travelers frequent these places. Dusty and removed from the cityscape where I lay dead. As dead as all the colors of rainbow of my life turned black letter upon white to the simple rattling of the keyboard. The profession of painter is denied me by its hues. My death in life perdures in a long night without the inflicted wound of a star.

"Oh friend, there are no friends! Oh friends, there are so few friends." I already know that "speaking with a corpse" like mine has become "difficult." You fear the contagion from the filth I give off as I decompose. As I turn into humus, before returning, I give off a dirty halo that reintegrates me from a vapory patina.

Repellent in my odor to humans, everyone flees from me. They banish me to this distant place where I will remain all the Fall and Winter of my life. I don't indict them; perhaps I would do the same. Or, without incriminating anyone, perhaps it would be my own self-exile —my personal decision— which confines me and isolates me from the others. To tell the truth, I don't know.

I don't know the length of this sentence in exile. But while a new Spring doesn't affect me, letting me become reborn again. While I do not flower or produce a green and attractive frond, I will remain in this pit all the nights of the world. I will inhabit it disdainfully and with no more appetite than for a "seed." For a pumpkin seed that sprouts in me as lush as the coat of a "stone."

At first, I was terrified at the idea of a tomb. Like all living be-ings, I perceived it as an end. Now I know it's not the end of all

LA SUCIEDAD DE LA LETRA
EL SHUCO POÉTICO
DE ABIGAIL GUERRERO

Rafael Lara-Martínez
Tecnológico de Nuevo México
Desde Comala siempre...

I

Muy pocos visitantes merodean por estos lugares. Polvosos y alejados del mundo citadino donde yazgo muerto. Tan muerto que todos los colores del arco iris de mi vida se vuelven letra negra sobre blanco al simple chasquido del teclado. El oficio de pintor me está vedado por sus matices. Mi muerte en vida perdura en una larga noche sin suplicio de estrella.

"¡Oh amigo, no hay amigos! ¡Oh amigos, hay tan pocos amigos!" Ya sé que "hablar con un cadáver" como el mío se vuelve "difícil". Se teme el contagio a la chuquía que despido al descomponerme. Al hacerme humus, antes de retoñar, despido un halo sucio que me recubre de una pátina vaporosa.

Repelente en mi olor para los humanos, todos rehúyen de mí. Me segregan a este sitio distante en el cual permaneceré todo el otoño e invierno de mi muerte. No los incrimino; quizás yo haría lo mismo. O, sin inculpar a nadie, quizás sea mi propio auto-exilio —mi decisión personal— la que me confina y aparta de los demás. A ciencia cierta, no lo sé.

Ignoro la duración de esta condena en el destierro. Pero mientras no me afecte una nueva primavera que me permita renacer en planta. Mientras no florezca y produzca una fronda verde y atractiva, seguiré en esta fosa todas las noches del mundo. La habitaré desdeñado y sin más apetito que por una "semilla". Por una pepitoria que germine en mí tan frondosa como al abrigo de una "piedra".

Al principio me aterraba la idea de un sepulcro. Como todos los vivientes, lo percibía como un fin. Ahora sé que no es un acabose. Pero se trata de una cuestión de perspectiva de

things. But it does deal with a question of perspective of life in death. Learning about death is perhaps harder and longer than the experience of a life.

I now observe that being dead is a mere "change of domicile." Without the judgement of birth, I previously resided in a human body. It is a shell that the Gods randomly conceded me at the very moment of reincarnation. Today this shell is deteriorating. It dissolves at a slow pace toward the parched land that takes me up like an infinite recently ironed brown suit.

It's obvious that it's uncomfortable for me, stripped of all limits. But I am already accustomed to dissolving this simple armor into plant fertilizer. The practice that once gave me horror, rendering me from my body, I now consider as an unequaled selfishment. I must learn to move like a physical organism as I did daily when clothed.

Even the taste of dust --the taste of the worms that devour me --I begin to make mine. I begin to taste them with delight and I applaud with joy. In the decay of the flesh that decomposes from me, hopes grow of becoming a tree. I already glance the first roots in ticklish remorse against my naked bones. I imagine a branch bent over with fruit that hands reach to jubilously sate their appetite. And the mouth with a bite that will kiss my first fruits.

II

Towards these thoughts twisting in my empty marrow, arrived the book, *Stories to Drink with a Bowl of Shuco* by Abigail Guerrero. It consists of seven stories that evoke my condition of decomposed corpse in natural transmigration. They call together my perfume of filth in the liquid substance that comes together and is printed like indelible ink on paper.

The stories are called "Gray / Gris", "María Iguana", "Cerdorex", "The Flood / La inundación", "Fookerooni / Cabronilo", "The Seed / La semilla" and "Nopticon City / Ciudad Nópticon." There is an intuition that remains as a constant symbol coursing through all the stories. The book's title groups the stories to-

la vivencia mortuoria. Desconozco por qué razón no existe la palabra *mortuencia, mortencia,* que equivaldría a la vivencia. El aprendizaje de la muerte es quizás más arduo y duradero que la experiencia de una vida.

Ahora observo que estar muerto es un simple "cambio de domicilio". Sin arbitrio al nacer, antes residía en un cuerpo humano. En un cascarón que los Dioses me concedieron al azar en el instante mismo de reencarnarme. Hoy esa cáscara se deteriora. Se diluye a pausa lenta hacia la tierra reseca que me recubre como un traje marrón recién planchado, sin falta de medida.

Es obvio que me resulta incómodo despojarme de toda frontera. Pero ya me acostumbro a disolver esta simple coraza en un abono vegetal. La práctica que antes me causaba horror, desprenderme del cuerpo, la considero ya de un egoísmo sin par. Debo aprender a mudar de organismo físico como a diario lo hacía de ropa.

Hasta el sabor del polvo —el gusto de las lombrices que me carcomen— comienzo a hacerlo mío. Comienzo a saborearlo con deleite y lo aplaudo con goce. En el escozor de la carne que se me descompone, me crece la esperanza de ser árbol. Ya vislumbro las primeras raíces remordiéndome en cosquilleo los huesos desnudos. Me imagino rama doblegada al fruto que una mano alcanza para el júbilo de su apetito. Y la boca que a mordisco besará mis primicias vegetales.

II

Hacia estos pensamientos que se me arremolinan en la médula ahuecada, llega el libro *Cuentos para beber con un huacal de shuco* de Abigail Guerrero. Consta de siete relatos que evocan mi condición de cadáver descompuesto y en transmigración natural. Que convocan mi perfume de chuquía en la sustancia líquida que los unifica y se imprime como tinta indeleble en el papel.

Los relatos se llaman "Gris", "María Iguana", "Cerdorex", "La inundación", "Cabronilo", "La semilla" y "Ciudad Nópticon".

gether around a drink, shuco, a thick liquid made of fermented black corn to which is added alhuashte (pumpkin seeds), a Salvadoran variety of Mexican mole verde with chiles and beans.

The key is in the pumpkin or squash seed. The seed is the bone of the fruit, its rigid and durable matter. Due to its toughness, it survives, as with the dead there remains a stony element that never disintegrates into the earth: its bones. Alguashte powder is prepared from toasted pumpkin or squash seeds, just as my bones are subjected to the desert drought. Death is "becoming pinol," powdered alguashte. That's what I am now in my earthen cavern.

From this hard core is born the generation to come, just like the regeneration and hope of life of the social group in its surroundings. Is spite of repression, war and poverty, of plant seed, of animal bones and natural rocks, utopia and new life burst forth. From them is reborn a living script every Spring.

In harmony with the biological cycle, atol shuco is drank, ground pumpkin seed, as one would absorb the ground bones of ones ancestors. Both, alhuashte and skeleton, are sprinkled over food so that, by splashing it with a suicidal color, it reminds the guest of ones destiny as humus.. Its travailed destiny of black letter and seed.

It must be savored —inscribed in the acts of saber (sapientia, i.e. knowledge, tasting) and sabor (flavor)— the ancestral inheritence one receives por an act of pillaging, to the present, despoiled of all mystical union. It must be worshipped with the sense of taste that history engenders in its own identity.

III

"Gray / Gris" narrates the experience of a pair of young lovers. They emerge from the swanp to fulfill the prophecy of the exodus. The girl weaves her hair, as if from its tendrils there sprout cloth and hammocks, the texts of Guerrero herself. Her destiny could not be more contemporary; it deals with immigration and exile, movement that gives birth to the new. It must be written with the removable parts of the body so that, from

Hay una intuición que permanece en constante simbólica de todos los cuentos. El título del libro agrupa los relatos alrededor de una bebida, el shuco, un líquido espeso hecho de maíz negrito fermentado al cual se le agrega alhuashte, una variante salvadoreña del mole verde mexicano, chile y frijoles.

La clave la proporciona la pepita de calabaza o ayote. La semilla es el hueso de la fruta, la materia rígida y perdurable. Por su firmeza pervive, como de los muertos queda un elemento pétreo que jamás se desintegra en la tierra: la osamenta. El polvo de alguashte se prepara de "semillas de ayote tostadas"; así se me calcinan los huesos sumidos en la sequía del desierto. Morir es "hacerse pinol", harina de pepitoria. Eso soy yo ahora en mi caverna terrosa.

De este núcleo duro nace la generación por venir, al igual que la regeneración y la esperanza de vida del grupo social en su conjunto. Pese a la represión, a la guerra y a la pobreza, de la semilla vegetal, de los huesos animales y de las piedras naturales, brota la utopía y la vida futura. De ellos renace una escritura viva cada primavera.

En armonía al ciclo biológico, se bebe el atol shuco, la semilla de ayote molida, como se absorben los huesos triturados de los ancestros. Ambos, alhuashte y osamenta, se espolvorean sobre la comida para que, al salpicarla con un color de suciedad, le recuerde al comensal su destino de humus. Su sino de letra negra y de simiente.

Hay que saborear —inscribir en el saber del sabor— la herencia ancestral que uno recibe por un acto de depredación, al presente, despojado de toda unión mística. Hay que adorar con el sentido del gusto la historia que a uno lo engendra en su propia identidad.

III

"Gris" narra la experiencia de una pareja de jóvenes enamorados. Surgen del pantano para "efectuar la profecía" del éxodo. La muchacha se teje el pelo como si de sus hebras brotaran "tela y hamacas", los textos mismos de Guerrero. Su hado no podría

their remains, the Word surges forth.

"María Iguana" tells of the symbiosis of a frustrated painter, Alberto Paniagua, and a plant he grows in his house. As in my personal case, the frontiers between human being and the world are dissolved. They dissolve to the point that it is unsure whether or not the individual and human society in general are but a mere appendix of nature. We are the (al)chemical dream of nature. Letters that are tattooed, on the body and on the page, are the plant's trick, which gnaws us to death. The plant in which one is reborn.

"Cerdorex" tells the experience of Anselmo Cruz, a small town butcher and drunkard, who seeks a mythical pig among the thousands of animals sacrificed in the slaughter house to celebrate Christmas. The legendary name of the animal is granted to the story's title, which Cruz imagines as the missing link from which all humanity is descended. During his redeeming search for Cerdorex, he runs into El Salmuerita, a criminal psycopath. Both characters share the messianic idea that only a redeemer can save the pigs from their horrible inhuman slaughter. In the slaughter house, Cruz's chopped up body is confused with a hanging piece of pork for sale. This same meat is consumed by the family in an unknown act of cannibalism, without any primitive mysticism.

"The Flood / La inundación" takes up the Meso-American Legend of the Suns, the Native American Genesis. According to this classic narration, the capital city of San Salvador is condemned to drown due to a new deluge. The key letters are the boats, lifesavers so the body won't be drowned in a new sea of senseless violence.

"Fookerooni / Cabronilo" tells of a childhood experience that humanizes a chicken, until the children's lack of care for cleanliness create the opportunity fo an appetizing supper. Turning a loved one into food must be an innocent moral that few grown ups accept as valid. The keyword would be the cannibal rejoicing that absorbs the elder parent so that in this sincere moment he may declare his satisfaction without remorse. Again, as in "Cerdorex", every ancient religious link of the table guest is dissolved by the anthropophagic joy of consumption.

ser más contemporáneo; se trata de la migración y del exilio en boga que dan luz a lo nuevo. Hay que escribir con las partes removibles del cuerpo para que, de sus desechos, surja la palabra.

"María Iguana" relata la simbiosis entre un pintor frustrado, Alberto Paniagua, y una planta que siembra en su casa. Como en mi caso personal, las fronteras entre el ser humano y el mundo se diluyen. Se disuelven hasta tal punto que ya no se sabe si el individuo y la sociedad humana en general son un simple apéndice de lo natural. Somos el sueño (al)químico de la naturaleza. Las letras que se tatúan, en el cuerpo y en la página, son el "ensueño" de la planta" que nos carcome al morir. La planta en que se renace.

"Cerdorex" cuenta la experiencia de Anselmo Cruz, un carnicero pueblerino y borracho, quien busca un cerdo mítico entre los miles de animales sacrificados en el rastro para celebrar la Navidad. El nombre legendario del animal le otorga el título al relato, el cual, Cruz imagina como el eslabón perdido de quien desciende la humanidad entera. Durante la búsqueda redentora de Cerdorex, se encuentra con El Salmuerita, un criminal psicópata. Ambos personajes comparten la idea mesiánica que sólo un redentor salvaría a los cerdos de su horrible matanza inhumana. En la carnicería, el cuerpo descuartizado de Cruz se confunde con la carne porcina colgada para la venta. Esta misma carne la consume su familia en un acto caníbal ignorado, sin ningún misticismo primitivo.

"La inundación" retoma el mito de la Leyenda de los Soles o Génesis indígena. Según esta narración clásica, la ciudad capital de San Salvador estaría condenada a sumergirse en el agua debido a un nuevo diluvio. Las letras-semillas serían las lanchas salvavidas para que al cuerpo no lo ahogue un nuevo mar de violencia sinsentido.

"Cabronilo" narra una experiencia infantil que humaniza a un pollo, la mascota familiar, hasta que la despreocupación de los niños por el aseo la convierte en apetitoso plato de cena. Hacer de un ser querido un alimento sería la moraleja ingenua que pocos adultos aceptarían como válida. La letra sería el regocijo caníbal que absorbe al antiguo pariente para que la memoria sincera declare su satisfacción sin remordimiento. De nuevo,

"The Seed / La semilla" tells the tale of a fraudulent healer and money lender who uses a you girl's dowry to enrich himself and fool a village. The special essence of human society expresses this as the natural talent for theater.. It doesn't matter whether or not someone is a saintly man dedicated to the service of God, like Father Francisco Xavier. There will always be others who consider him a traitor. What is interesting is the monetary spectacle organized for the amazement of unusual events, which are inscribed in small town memory. And after the shock, the same thing always happens. Immigration and exile, this time as worry free and secret as that which divines the spell of wealth.

"Nopticon City / Ciudad Nópticon" is almost a novel in and of itself. It narrates the experience of Leónidas Potosme who emigrates after trespassing the panoptic norms of the system. In a borgesian mirage, his life is explayed in a cyberbetic clone, also underfolded in a parade of phantoms, whose existence as benighted beings is subject to the same dictate of the system.

There are two worlds, "The Domains of the Sole Computer" and "Spectral City." It prophesies about social and invididual spheres, of the dictate of society and of personal dreams. Fleeing toward a mirage the individual sleeps in a tomb, and from his personal experience, he can only remina a bare specter like myself.

This duality of the individual and society is what's expected; but I have failed since Spectral City is disturbing. It bothers me from the moment in which the true specter turns out to be a code of "orthgraphic symbols" like the letters I write. Upon receiving a social fate in writing, the human being becomes a simple homogram, a clone or entity inscribed in a system of power. The masters are those who, behind the "Oblique Computer," control the will of clones, holograms and normal human beings. There is no escape from the letter, nor truly human life outside of the word that decides and awards rank.

como en "Cerdorex", todo antiguo enlace religioso del comensal con la víctima lo disuelve el goce antropófago del consumo.

"La semilla" cuenta la historia de vida de un curandero embaucador y prestamista que utiliza las dotes de una niña para enriquecerse y engañar a un pueblo. La "esencia especial" de la sociedad humana la expresa el "talento natural para el teatro". No importa que alguien sea un "hombre santo entregado al servicio de Dios" como el padre Francisco Xavier. Siempre habrá otros que lo consideren "un traidor". Interesa el espectáculo monetario que se organiza para "el asombro de eventos insólitos", los cuales se inscriben en la memoria pueblerina. Y luego del pasmo, sucede lo de siempre. La migración y el exilio, esta vez holgados y secretos, como los vaticina el "hechizo" de la riqueza.

"Ciudad Nópticon" es casi una novela en sí. Narra la experiencia de Leónidas Potosme quien emigra luego de "transgredir las normas panópticas del sistema". En espejeo borgeano, su vida se desdobla en un clon cibernético, como se despliega también en "desfile de fantasmas" la existencia de todos aquellos "ensombrecidos seres" sometidos al mismo dictamen del sistema.

Hay dos mundos, "los dominios del Ordenador Único" y la "Ciudad Espectral". Vaticinaría que se trata de lo social y de lo individual, del dictado de la sociedad y del sueño personal. Al huir hacia el ensueño, el individuo se duerme "en una ataúd" y, de su apariencia social, sólo queda un espectro ralo como el mío.

Esta dualidad de lo individual y lo social sería la esperada; pero me equivoco ya que la "Ciudad Espectral" desconcierta. Me perturba en el momento en que el verdadero espectro resulta de un código de "símbolos ortográficos" tal cual las letras que escribo. Al recibir un sino social por la escritura, el ser humano se vuelve un simple "holograma", un clon o ente que se enmarca en un sistema de poder. Los amos son quienes, tras el "ordenador obicuo", controlan el arbitrio de los clones, de los hologramas y de los seres humanos normales. No hay escapatoria de la letra, ni vida verdaderamente humana fuera de la palabra que dictamina y otorga un rango.

IV

This bouquet of seven stories is projected against my death, cut into pieces, since few humans draw near to me. And it confirms to me that my hope is not in vane. I am pumpkin seed flour sprinkled onto the atol shuco of a far away city. From a distant city that stows me away in the oblivion of death,

I am filthy dust. Upon dissolving myself in the first rains of winter, I darken and stain the white page of a script. The only thing that remains of my brief passage through the human world is the letter carved on the tree dressed to my stone.

I am the filth of the letter that is instantly inscribed by a desire alien to my will. That and other stains more that I am teach me the reading of Abigail Guerrero.

The XXI century lacks all sense of the sacred. Of the primitive feeling of the sacred, there only remains the voracious consumption that finds joy in anthropophagous and predatory satisfaction. May it delight in the just acquisition of ever more scarce human and natural resources.

But there dwells my happiness. In brief, someone will absorb me ground into alguashte to reinitiate, with lips smeared with the flour of my flesh, the cycle of biological ascent. Or perhaps such a return would be a punishment for someone who, from the depths of the earth, cries out for the liberation of all beings as the only thing possible. Could it be possible?

IV

Este ramillete de siete cuentos se proyecta hacia mi yo-muerto, despedazado, como pocos humanos se acercan a mí. Y me confirma que mi esperanza no es vana. Soy harina de pinol que se espolvorea en el atol de shuco de una ciudad remota. De una ciudad distante que me guarda en el olvido de la muerte.

Soy polvillo chuco. Al disolverme en las primeras lluvias del invierno ensombrezco y mancho la página en blanco de un escrito. Lo único que queda de mi breve paso por el mundo humano es la letra grabada en el árbol que en lápida me arropa.

Soy la suciedad de la letra que al instante se inscribe por un designio extraño a mi arbitrio. Eso y otras máculas más de lo que soy me enseña la lectura de Abigail Guerrero.

El siglo XXI carece de todo sentido de lo sagrado. Del sentimiento primitivo de lo sacro, sólo perdura el consumo voraz que se regodea en la satisfacción depredadora y antropófaga. Que se deleita en la obtención justa de recursos naturales y humanos cada vez más escasos.

Pero ahí reside mi esperanza. En breve, alguien me absorberá molido en alguashte para reiniciar, en sus labios untados con la harina de mi carne, el ciclo de las ascensiones biológicas. O quizás tal retorno sería una condena para quien, desde lo hondo de la tierra, declama la liberación de todo ser como la única posible. ¿Será posible?

PREFACE TO THE TRANSLATION FOR GRINGOS AND OTHER NON CENTROAMERICANS

Rick Mc Callister
Delaware State University
Per terra et per mare . . . Fortiter

Traduttore – traditore say the Italians and "I plead guilty as charged". While I guarantee you will enjoy these stories in translation, I admit they can not live up to the originals. Every work of literature is an expression of the culture that produced it and presupposes a bit of insider knowledge. These stories are no exception. They all share references to *shuco*, which is consumed by millions of Salvadorans everyday and which is reputed to have miraculous qualities to raise the dead, or at least to abate hangovers. *Shuco*, or *atol shuco*, is a completely alien concept to the middle-class American palate. It is something between a hot beverage and a soup, similar perhaps to watery grits, oatmeal or mush with a punchy Central American flavor. Traditionally served in gourds made from *morro* fruit, it's more commonly dispensed in styrofoam cups on street corners for about a quarter ($0.25 US) by little old ladies who make just enough to survive on. Its ingredients include ground black corn, water, *alguashte* (al-WASH-teh) or ground pumpkin seed, cooked red beans and salt, to which chile or a shot of hot sauce is added. Served with *pan francés* (literally "French bread, but really dinner rolls), it makes a breakfast or lunch. The color of its ingredients gives it its name, for in Náwat Pipil, the ancestral language of much of El Salvador, *tsúkit* means "mud," hence *atol shuco* is "muddy mush." You won't find *shuco* in any fancy restaurants or in the homes of the well-heeled, only on street corners or the most humble eateries, but it's an important part of life to the majority of people who work hard for a meager living and for whom it's an everyday treat, a hangover cure, an occasional luxury, a pick-me-up while waiting for the bus in the rain or the only thing one can afford that day.

I promise not to spoil the stories with details because I trust

PREFACIO A LA TRADUCCIÓN PARA GRINGOS Y OTROS NO-CENTROAMERICANOS

Rick Mc Callister
Delaware State University
Per terra et per mare . . . Fortiter

Traduttore – tradittore dicen los italianos. *Mea culpa, mea maxima culpa.* Mientras garantizo que le fascinarán estos cuentos en traducción, admito que no se pueden comparar con los originales. Cada obra de literatura es una expresión de la cultura que la produjo y presupone un cierto conocimiento cultural. Estos cuentos no son ninguna excepción. Todos comparten referencias al *atol shuco*, un brebaje consumido diariamente por millones de salvadoreños, y que goza de una reputación milagrosa. Según algunos levanta a los muertos, otros sólo confirman que cura la resaca. *Atol shuco* es un concepto completamente ajeno al paladar norteamericano. Es algo entre una bebida caliente y una sopa, algo semejante a avena con un sabor punzante centroamericano. Tradicionalmente se sirve en guacales, o sea jícaras o calabazas hechos del fruto del árbol *morro*, pero más comúnmente se dispensa en tacitas desechables por un precio módico, por viejitas que apenas ganan bastante para sobrevivir. Sus ingredientes incluyen maíz negro y blanco molido y fermentado, *alguashte* o semilla molida de calabaza, frijoles rojos o negros cocinados con sal, al que agregan una cucharadita de salsa tabasco al gusto. Servido con *pan francés* (realmente panecillos para sopa), es un desayuno o almuerzo barato y nutritivo. El color de sus ingredientes le da su nombre, ya que en Náwat Pipil, la lengua ancestral de la gran mayoría de los salvadoreños, *tsukit* quiere decir "barro", así que *atol shuco* es "atol de barro." Jamás encontrará *atol shuco* en ningún restaurante ni en las casas de los acomodados, sólo en las esquinas o los comedores más humildes, pero es una parte importante de la vida de la gran mayoría de la población que trabaja duro por una vida precaria, para los que es una delicia cotidiana, una cura para la goma o resaca, un lujo ocasional, un

that you the reader are intelligent enough to form your own conclusions but a few concepts are in order. A few of the stories rely on the concept of magical realism –the idea that everyday life in Latin America transcends anything conceivable to those live in developed countries. Others are existentialist –the struggle for survival in a country with few opportunities for the many can lead to madness. The long hours, strenuous work, low pay, abusive supervisors and unbelievably high crime rate drives people to desperation. Yet people dream, hope and pray for escape from conditions those in wealthy countries can scarcely imagine.

One means of escape is science fiction, which has become very popular only recently in the region. Any sci-fi movie from anywhere in the world can be found for a dollar at the pirate DVD sidewalk emporium on Calle Arce in downtown San Salvador. The impact of this genre is quite apparent in "Ciudad Nópticon / Nopticon City," whose title is inspired by Jeremy Bentham's famous 1785 prison design which included a built in all-seeing eye in the form of an inner tower to watch over the prisoners without being seen. That the French philosopher Michel Foucault helped build his career on this concept is germane, because his belief that knowledge/power was a formidable weapon in the hands of the ruling élite also informs this story.

If your Spanish is limited or rusty, make an effort at reading the stories in the original language, you'll be glad you did. Salvadoran Spanish is basically the same Spanish you learned at school or heard your grandparents speak, but with a few local peculiarities such as vos, instead of tú for the familiar second person singular. Most of localisms, and any other word you don't understand are explained (in Spanish) at the Real Academia Española website www.rae.es and in English at various on-line dictionary sites.

poco de energía mientras esperan el bus bajo la lluvia o lo único que pueden comprar.

Prometo no revelar detalles de los cuentos ya que supongo que usted, el lector, sabrá formar sus propias conclusiones; pero hay que poner unos detalles en claro: algunos de los cuentos utilizan el realismo mágico -la idea que la vida cotidiana hispanoamericana trasciende cualquier realidad concebible para los que habitan los países desarollados; otros son existencialistas –la lucha para sobrevivir en un país con pocas oportunidades para las masas puede llevar a la locura. Las largas horas, trabajo arduo, pago bajo, supervisores abusivos y tasa increíblemente alta de crimen producen una tremenda desesperación. Sin embargo, la gente sueña, espera y reza por un escape de condiciones apenas imaginables para los que viven en países desarrollados.

Una manera de escapar es la ciencia ficción, la que se ha hecho muy popular recientemente en la región. Casi cualquier película de ciencia ficción se puede encontrar en el emporio de películas pirateadas en Calle Arce en el centro de San Salvador. El impacto de este género es obvio en "Ciudad Nópticon", cuyo título fue inspirado por el famoso diseño de una prisión modelo de 1785; el que incluía un ojo que veía todo desde una torre interior, el que vigilaba a los prisioneros sin que estos vieran a los vigilantes. El hecho que el filósofo francés Michel Foucault haya construido su carrera, en gran parte, con este concepto es importante, dado que su creencia que el conocimiento es el poder fue un arma fundamental en las manos de la élite. Esto también forma parte de esta historia.

Si el castellano no es su lengua nativa, todavía vale la pena tratar de leer los cuentos en su lengua natal. El español salvadoreño es básicamente lo mismo que enseñan en los colegios y universidades o que Ud. quizá haya oído de sus abuelos, pero con una pocas peculiaridades como el *voseo*, en vez del *tuteo*. Cualquier otra palabra se puede encontrar en el sitio de la Real Academia Española www.rae.es y en inglés, en varios sitios de diccionarios bilingües.

GRAY

Only the aura will call together the light.
Only the light will announce the miracle.

A. Guerrero

The gray man and the gray woman entwined their hands before descending the steep clifted borders of Erectia, a mysterious land asleep in the swirl of thick clouds, where the daily rays of the sun generally become an all-encompassing rain of ashes. Only time marks its destiny. In accordance with prophecy, they will have to decend the hill at the border, just as metal beaked birds end their melacholy song and then, take the hidden canoe in the swamp, just as silver-headed birds take flight.

From the summit, they could make out the canoe. The wind whispered the echo of phantasmal songs that woke, inside them, far off memories. The swamp had been their first panorama. From that first look, both had fallen in love with the complicity of the gray spirits of the wind. Their humid mouths still retained the taste of that first afternoon, when they opened to savor the refreshing delicacy of slime stuck to the innocence of their skin. From then on, there were no questions. They never questioned what force brought them to that site, they only maintained an intense gaze, to find the plenitude of existence. Then, they dived into the turbulent depth from which they emerged several hours later, like two dolls of gray clay, feverishly astonished, in an intense ectasy due to the contemplation of their pupils, a pair of windows open to the vast grayness.

–You smell like slime –the boy murmured–, that thick, gray, delicious substance.

At that moment, the swamp reduced them to small entwined

GRIS

Sólo la aura convocará la luz.
Sólo la luz anunciará el milagro.

A. Guerrero

El hombre gris y la mujer gris entrelazaron sus manos antes de descender las fronteras escarpadas de Erectia, una misteriosa tierra adormecida en la marea de nubes espesas, donde los cotidianos rayos del sol suelen transformarse en singular lluvia de cenizas. Sólo el tiempo marcaría su destino. De acuerdo con las profecías, ellos tendrían que descender la colina fronteriza, justo cuando los pájaros de pico metálico terminasen su melancólico canto; y luego, apoderarse de la canoa oculta en el pantano, justo cuando los pájaros con cabeza de plata emprendieran el vuelo.

Desde la cumbre divisaron la canoa. El viento susurraba el eco de canciones fantasmales que despertaron lejanos recuerdos en ellos. El pantano había sido su primer escenario. Desde la primera mirada, ambos se amaron con la complicidad de los espíritus grises del viento. Sus húmedas bocas aún conservaban el sabor de la primera tarde, cuando se abrieron para saborear la refrescante delicia del limo adherido a la inocencia de su piel. Desde entonces, no hubo preguntas. Nunca se cuestionaron qué fuerza los convocó hasta ese sitio, tan solo sostuvieron una mirada intensa, para encontrar la plenitud de lo existente.

Entonces, se zambulleron en la profundidad turbulenta de donde emergieron varias horas más tarde, como dos muñecos de barro gris, febrilmente maravillados, intensamente extasiados por la contemplación de sus pupilas, dos ventanas abiertas hacia la gris inmensidad.

–Vos sabés a limo –murmuró el niño–, esa sustancia gris, espesa y deliciosa.

figures, about to share a tender kiss. A detained caress. Printed in the parenthesis of time. From far away, their flesh seemed to surge from the rock, from gray nature itself. Immobile. Somber, inert. But close up, you could perceive the intensity of the gaze, the anxiety of the deed on their faces And the ardor. . . An ardor that would transfer movement to everything around them. And that's how they were rescued. Twenty meters away, they were sighted by a fleet of elderly merchants, others as gray as they were, who daily gleaned the swamp to its farthest edges in search of chiles, pumpkin seeds and atol shuco, the sacred drink of the region. Nothing was grown in Erectia; only translucent fish, medicinal herbs and other fruits of the swamp. Yet Erectia seemed to float on a high tide of thick clouds, where the sun's ray descended subtly and momentarily.

Only the heat managed to pull them apart. Around the bonfire, they passed the days stamped with humidity, flying insects, dances and rites to conjure up the darkest forces from beyond the shadows. There they were named Katika Upendo and Kuzaliwa. And there they found their destiny. Upon clay tablets, the children learned the art of inscribing notations of signs and hieratic words that narrated Erectia's past. Both became excellent choniclers. They cultivated the sacred art of verse, an act destined only for the children of the ancestral slime. Time passed and one day, the high patriarchs blessed them in a solemn nupcial rite. Their lives, it seems, had been determined. But the heat of the flame called forth the heat of desire, to the desire of the other flame, to the heart of the other flames that died in the useless encounter, in the sterile humidity of gray joy; and slowly, their exquisite voices began to wither. Before the community, they stood devastated. Their compositions were rejected by the gods; and, out of anxiety, they tried new forms, new rhythms, to restore their position in the community; until one day, one of the elders erroneously deciphered a prophecy, a dark prediction printed in the remaining drops of atol shuco, the sacred drink destined to be read and drank, during the early morning rites.

–They will be nothing but prolongation and fire. Engravers of

En ese instante, el pantano los redujo a dos pequeñas figuras entrelazadas, a punto de darse un tierno beso. Una caricia aplazada, impresa en el paréntesis del tiempo. A larga distancia, sus carnes parecían surgir de la piedra, de la propia naturaleza gris: inmóvil, sombría, inerte. Pero de cerca podía percibirse la intensidad en la mirada, la ansiedad en el gesto de sus rostros. Y el ardor... Un ardor que transfería movimiento a todo cuanto les rodeaba. Y así fueron rescatados. A veinte metros de distancia, fueron divisados por una flota de ancianos comerciantes, otras personas igualmente grises, que diariamente surcaban el pantano hacia lejanas fronteras en busca de chiles, semillas de ayote y atol shuco, la bebida sagrada de la región. Nada se cultivaba en Erectia; sólo peces traslúcidos, sólo hierbas medicinales y otros frutos del pantano. Y es que Erectia parecía flotar en la marea alta de nubes espesas, donde los rayos del sol descendían sutiles y momentáneos.

Sólo el calor logró desprenderlos. Alrededor de la fogata transcurrieron los días marcados de humedad, de insectos voladores, danzas y ritos para conjurar las fuerzas oscuras más allá de la tiniebla. Allí fueron nombrados Katika Upendo y Kuzaliwa. Y allí encontraron su destino. Sobre tablas de arcilla, los niños aprendieron el arte de grabar notaciones de signos y vocablos hieráticos que narraban el pasado de Erectia. Ambos se convirtieron en excelentes cronistas. Ellos cultivaban el sagrado arte del verso, labor destinada solo a los hijos del ancestral Limo.

El tiempo transcurrió y un día, los patriarcas de alto rango los bendijeron en una solemne ceremonia nupcial. Al parecer, su vida estaba resuelta. Pero el calor de la llama convocó a la llama del deseo, al deseo de otra llama, al corazón de otras llamas que murieron en el encuentro inútil, en la humedad estéril de un gozo gris; y lentamente, sus exquisitas voces comenzaron a marchitarse. Ante la comunidad lucían apesadumbrados. Sus composiciones fueron rechazadas por los dioses; y, abrumados, ensayaron nuevas formas, nuevos ritmos, para renovar su posición en la comunidad; hasta que un día, uno de los ancianos descifró erróneamente un augurio, un funesto presagio impreso en las gotas residuales del atol shuco, la bebida sagrada destinada para leer y beber durante los ritos de la madrugada.

color that burns under the other sun, in another time. They will be born before the appointed hour, but they will not be happy if they stay here. They will provoke the ruin of their fathers and profane the sacred swamp.

–I don't understand. Nothing can be born in Erectia. Isn't that right? –Kuzaliwa said, with a trembling voice, while trying to hide her gaze with her ritual gray veil.

–I don't undertand it either. You mustn't question the prophecy, only carry it out. The verdict is irrevokable.

–What should we do? – Katika Upendo said with a firm voice.

–Only in another region, under another sun can you be happy. Get away. You must leave as soon as the first showers end, with the solemn song of the metallic birds and the fateful flight of the silver heads.

Without challenging the verdict, without preparing any baggage, hand in hand, they took the road of stamped footprints, pressed by others who had also suffered the impact of similar omens. They walked for hours, Kuzaliwa was about to break from fatigue. When they arrived at the border, she sat in order to apply a natural lotion on her aching feet. "We must run as did when we were little children," said the young man, who until that moment, had not examined the excessive imflammation of the feet, hands and face of his sweet companion. She was panting. She could barely breathe. She looked at him with exhaustion, while she caressed her pronounced belly. "They will be nothing but prolongation and fire," he rememebered," but they will not be happy."

Soon, the wind transported the final notes of a solemn song. Without losing time, he took her in his arms, beginning a long flight toward the swamp. "The birds mustn't see us," he muttered softly, while he carried the woman wounded by a sudden fall and by the rain of fire, which mysteriousy burned her skin. He knew he couldn't carry her much longer. He helped her get into the canoe and, lacking blankets or anything else, quickly sought leaves and dry branches to hide his wife.

The silver headed birds are beautiful in the extreme. During their flight, they become shining beacons, but they become fu-

–Serán prolongación y fuego. Grabadores del color que arde en otro sol, en otro tiempo. Nacerán antes de la hora prevista, pero no serán felices si permanecen aquí. Provocarán la ruina de los padres y profanarán el pantano sagrado.

–No comprendo. Nadie puede nacer en Erectia ¿No es así? –Dijo Kuzaliwa, con temblorosa voz, al tiempo que intentaba esconder su mirada con su ritual velo gris.

–Tampoco lo entiendo. No se debe cuestionar la profecía; tan solo efectuarla. El veredicto es improrrogable.

–¿Qué debemos hacer? –dijo con voz firme Katika Upendo.

–Sólo en otra región, en otro sol podrán ser felices. Márchense. Partirán en cuanto cese la primera llovizna, con el solemne canto de pájaros metálicos y el fatídico vuelo de los cabezas de plata.

Sin rebatir el veredicto, sin preparar ningún equipaje, se tomaron de la mano y recorrieron el camino de huellas impresas, grabadas por otros que también sufrieron el impacto de similares presagios. Caminaron durante horas; el cansancio quebrantaba a Kuzaliwa. Al llegar a la frontera se sentó para aplicar un ungüento natural en sus pies adoloridos. "Deberemos correr como cuando éramos chiquillos", dijo el joven, quien hasta ese momento no había reparado en la inflamación excesiva de los pies, de las manos y del rostro de su dulce compañera: jadeaba, apenas podía respirar. Ella lo miró con desaliento, mientras acariciaba su pronunciado vientre. "Serán prolongación y fuego", recordó, "pero no serán felices"

De pronto, el viento transportó las postreras notas de un canto solemne. Sin perder tiempo, él la tomó entre sus brazos, emprendiendo una carrera veloz hasta el pantano. "Los pájaros no deben vernos", murmuró suavemente, mientras cargaba a una mujer embestida por un desfallecimiento repentino y por la lluvia de fuego, que misteriosamente, quemaba su piel. Sabía que no podría sostenerla por mucho tiempo. Le ayudó a subir en la canoa y por falta de mantas u otros recursos similares, buscó presurosamente, hojas y ramas secas para ocultar a su esposa.

Los pájaros con cabeza de plata son en extremo hermosos. Durante su recorrido se convierten en resplandecientes fulgores, pero se enfurecen si alguien ronda sus cercanías, cuando ellos intentan emprender el vuelo. Eso acarrearía la ruina. Los

rious if anyone approaches, when they are trying to take flight. That would be the end. The elders of Erectia told that in the past, the silver heads caused dark disappearances to anyone who profaned their territory. Because of those histories, the gray man stayed under water. He made an effort to control the canoe, which mysteriously had become unmoored. For a moment, he thought he would perish from drowning. Was this, perhaps, a test? He bravely endured, however, the terrible suffering, until the sky extinguished the last light.

The freshness of the breeze and the flow of new currents alleviated their fears. The air was salty. Due to inexperience, it had been difficult to keep away from seaweed and the infinite waterfall, whose torrents flowed immensely without return. He was alone. For the first time he felt frustration; and, continually asked himself if his wife's sudden illness was not a punishment from above. Unfortunately, he could not share his fears. Kuzaliwa was overcome by a state of complete delirium. "Don't go away," he said in her ear, "without you there is no hope, there will be no portal to the light. And never more will we be able to shine in the birth of the other dawn."

The fifth day, the man called up the contradictory forces of luminosity, those that in the gray world amount to only a reflection, scarecely a timid thunderbolt that wounds the perpetual swirling of thick clouds. He sighed. For a moment, the air was invaded by flying fish, of liquid flesh, of liquid substance, those which at noon ingest curly spores of great size and floating petals. Time was running out. Katika Upendo shut his eyes and implored with force a simple clue, a luminous sign that would carry him toward the right path. He trembled. His grayish body stretched out before the light impact of the breeze. In that instant, he had the impression of being a ghost, an unfinished sketch like those he drew years ago, on clay tablets.

–And if this be death? –he thought, while all his being vanished in a prolonged abstraction. His skin shivered. The wind picked up, from time to time; and for an instant, he felt as if a humid breath slipped into his ears to whisper: "Then, we will all be slime and ash. Multitudes of little points swimming over the unfathomable eternity of this floating painting."

ancianos de Erectia narraban que en el pasado, los cabezas de plata provocaron oscuros desenlaces a quienes profanaron su territorio. Debido a esas historias, el hombre gris aguardó bajo el agua, hizo un esfuerzo por contener el control de la canoa, que misteriosamente había soltado sus amarres. Por un momento creyó perecer por la asfixia ¿Era acaso una prueba? Sin embargo, soportó con valentía el terrible suplicio, hasta que en el cielo se extinguió la última luz.

La frescura de la brisa y el caudal de nuevas corrientes aliviaron sus temores. El aire era salado. Debido a la inexperiencia, había sido difícil mantenerse alejado de las aguas marinas y de la cascada infinita, cuyo torrente fluye hacia una inmensidad sin retorno. Irremediablemente, el joven erró varias veces la ruta. Estaba solo. Por primera vez experimentó la frustración; y, continuamente se cuestionaba si la repentina enfermedad de su esposa era un castigo superior. Lamentablemente no podía compartir sus temores. Kuzaliwa estaba sumida en un estado de completo delirio. "No te vayás", le dijo al oído, porque sin vos no habrá esperanza, ni el prometido portal hacia la luz. Y nunca más podremos brillar en el nacimiento de otra aurora."

El quinto día, el hombre convocó las fuerzas contradictorias de la luminosidad, esas que en el mundo gris son tan sólo un reflejo, apenas un tímido rayo que hiere la marea perpetua de nubes espesas. Suspiró. Por un momento, el aire fue invadido por peces alados, de carne líquida, de sustancia líquida, esos que al medio día ingieren onduladas esporas de gran tamaño y pétalos flotantes. El tiempo se agotaba. Katika Upendo cerró sus ojos e imploró con fuerzas un simple trazo, una señal luminosa que lo llevara hacia la ruta correcta. Tembló. Su grisáceo cuerpo se estremecía ante el más leve impacto de la brisa. En ese instante, tuvo la impresión de ser un fantasma, un inacabado boceto, como los que él dibujó años atrás, en las tablas de arcilla.

–¿Y si esta es la muerte? –pensó, mientras todo su ser se desvanecía en una prolongada abstracción.

Su piel tiritaba, el viento arreciaba, de cuando en cuando; y por un instante sintió que un húmedo aliento se deslizaba en sus oídos para susurrar: "Entonces, todos seremos limadura y ceniza. Multitud de puntitos sobrenadando la insondable eternidad de esta pintura flotante."

It dawned. A flock of errant birds vanished in the horizon of thick clouds; while Katika Upendo contemplated a world saturated with stains, floating poles and a kind of numerous threads suspended from above, little gray fibers that seemed fixed and inalterable in the wind. The cloudless sky shined. It seemed as if a small portion of the thick roof of clouds had melted, managing to descend in visual concentrations of vapor. He blinked. Far away, he spied the shape of what were possibly canoes, or perhaps a series of floating stains. The tonality stilled. The luminous intensity was reflected upon the water and soon... Oh, Infinite Humidity! Oh, Contradictory slime!... the grayish pupils of Katika Upendo impacted upon an extraordinary color. An impossible tonality for such a constricted world. That was the sign! Katika Upendo raised his face to contemplate the phenomenon of an orange sun. Yes, it was, truly, an orange sun projecting itself weakly upon the water; but a fleeting lightning bolt. He suddenly awakened. How he had wanted to keep that fascinating image, to share it with his wife!

–I saw it. Kuzaliwa, at last I saw a rising sun. That splendor that exists on the other side.

Time was against him. Impulsively, the young man examined the compass of seeds and petals that elders had given him. Then, he knew he going in the right direcction. At nightfall, the light from a lamp indicated to him the exact place; a wooden stairway where two small elderly men awaited them. At a certain distance he was able to see the hut located on the ridge top. The lamp flickered. Katika Upendo had the impression that a mysterious and invisible force pulled the canoe to the stairway. Incredible! The steps were completely covered with the hair of an elderly woman. Surely, combing must have been exhausting. From a distance, he observed how she hurried to gather her long braids in some type of reed or spatula. Before taking off, he lit the only torch she carried. The old woman smiled. She had a friendly face. The gray man tried to focus on the old man, to study his appearance. Impossible! A gray smiling mask hid his identity.

Atardeció. Una bandada de pájaros errantes se desvanecía en el horizonte de nubes espesas, mientras Katika Upendo contemplaba un mundo saturado de manchas, garabatos flotantes y una suerte de numerosos hilos suspendidos desde lo alto; hilillos de color gris que permanecían fijos e inalterables en el viento. El cielo lucía despejado. Al parecer, una pequeña porción del espeso techo de nubes se había derretido, logrando descender en vistosas concentraciones de vapor. Parpadeó. A lo lejos divisó el contorno de posibles canoas, o más bien una serie de manchas flotantes. La tonalidad mutaba. La intensidad lumínica se reflejaba en el agua y de pronto... ¡Oh, Infinita Humedad! ¡Oh, Contradictorio Limo!... las grisáceas pupilas de Katika Upendo se impactaron con un color extraordinario. Una tonalidad imposible para un mundo tan constreñido. ¡Esa era la señal! Katika Upendo levantó el rostro para contemplar el fenómeno del sol naranja. Sí, era, en efecto, un sol color naranja proyectándose débilmente en el agua; pero era apenas un relámpago fugaz. Despertó de súbito ¡Cómo hubiera querido retener esa fascinante imagen para compartirla con su esposa!

–Lo he visto. Kuzaliwa, por fin he visto un sol naciente. Ese resplandor que existe al otro extremo.

El tiempo estaba en su contra. Impulsivamente, el joven examinó la brújula de semillas y pétalos que los ancianos le entregaron. Entonces, supo que estaba en la dirección correcta. Al caer la noche, la luz de un farol le indicó el lugar exacto: una escalinata de madera donde dos ancianitos de piel gris los aguardaban. A cierta distancia divisó la choza ubicada en la cima de un risco. El farol parpadeaba. Katika Upendo tuvo la impresión de que una fuerza misteriosa e invisible arrastró la canoa hasta la escalinata ¡Increíble! Los peldaños estaban completamente cubiertos por la extensa cabellera de la anciana. Seguramente peinarse resultaba agotador. Desde la distancia observó como ella se daba prisa para recoger sus largas trenzas en una especie de carrizo o espátula. Antes de desembarcar, prendió la única tea que llevaba consigo. La anciana le sonrió. Tenía un rostro afable. El hombre gris intentó enfocar al anciano, para contemplar su apariencia; ¡Imposible! Una máscara risueña y gris ocultaba su identidad.

–We knew she would arrive in bad shape. Don't worry, son. We have everything ready to begin her cure.

Immediately, they placed the sick woman on a rudimentary elevator. The old woman and Kuzaliwa ascended toward the palm and adobe hut, while the mysterious man indicated with signs that they should wait by the bonfire. He never found out what happened above. He only remembered that he sat upon a rock; and suddenly, he fell asleep lulled by the whispering of the waves.

"You spat. You spat out the mud. You spat out the sand... all the pieces stained with rust." "I don't want to move. I can't. I want nightfall, clouds, fragmentation dragged off by the wind." "Kuzaliwa, wake up." "I have a hole in my soul" "Kuzaliwa. Kuzaliwa. Call out his name." "I have a hole in my chest. I want to cover it with slime, with the humid warmth of my gray hands." You spat. You spat out the poison. The silver heads sing out their triumph." "I can't move. I only want to hear my heart beat. My heart palpitating in the water." "Kuzaliwa, emerge, surge, make your strength known..." "The gray clouds travel backwards, the humidity. It decreases. It declines. It decays. It decreases. The flow of the clouds runs backwards." "Kuzaliwa, open your eyes. Shout out your existence... Kuzaliwa, pronounce your name..."

Between dreams, she saw the old woman with a calabash gourd in her hands, her extended braids floated through the entire room, like millions of tentacles falling over her naked body. She felt fear. The tentacles drilled into her open wound, continuing on to a second phase: gray, fetid substances thickly oozed into containers attached to the bed. And, then, when the dripping diminished, the old woman closed the wound with a handful of ash. From time to time, she chewed a handful of herbs. Her elastic body moved quickly to exhale upon her an ethereal, perfumed, glacial breath. The process lasted several hours; and when Kuzaliwa finally opened her eyes, the weak morning brightness wounded the thick cloud cap. She couldn't move. All her body, except her head and hand, was buried beneath thick layers of ash.

–Where am I? Where is my husband?

–Sabíamos que ella vendría en mal estado. No te preocupés, m'hijo. Tenemos todo preparado para iniciar la curación.

De inmediato, colocaron a la enferma en un ascensor rudimentario. La anciana y Kuzaliwa subieron hacia la choza de adobe y palmera, mientras el hombre misterioso le indicó con señales que debían esperar alrededor de una fogata. Nunca supo qué ocurrió arriba. Tan solo recordaba que se sentó en una roca; y al instante, se durmió arrullado por el susurro de las olas.

"Escupí. Escupí el lodo. Escupí la arena y todas las piezas manchadas de herrumbre" "No quiero moverme. No puedo. Quiero el acaecer, las nubes, la fragmentación arrastrada por el viento." "Kuzaliwa, despertá." "Tengo un hueco en el alma." "Kuzaliwa. Kuzaliwa. Convocá su nombre." "Tengo un hueco en mi pecho. Quiero taponearlo con el limo, con la calidez húmeda de mis grises manos." "Escupí. Escupí el veneno." "Los cabezas de plata cantan su triunfo" "No puedo moverme. Yo sólo quiero escuchar mi latido. Mi corazón palpitando en el agua." "Kuzaliwa, emergé, surgí, reinvidicá tu fuerza..." "Las nubes grises viajan en reversa, la humedad: decrece, declina, decae, decrece. La corriente de nubes retrocede". "Kuzaliwa, abrí los ojos. Proclamate... Kuzaliwa, pronunciá tu nombre..."

Entre sueños, vio a la anciana con una huacal de morro entre sus manos, sus trenzas extendidas flotaban por toda la habitación, como millones de tentáculos que caían sobre su desnudo cuerpo. Sintió miedo. Los tentáculos perforaban sus llagas, daban paso a la segunda fase: grises y fétidas sustancias caían copiosamente en contenedores anexados a la cama. Y luego, cuando el goteo disminuía, la anciana cerraba la úlcera con un puñado de ceniza. De cuando en cuando, mascullaba un puñado de hierbas. Su cuerpo elástico se movía con rapidez para exhalar sobre ella un soplo glacial, almizclado, etéreo. El proceso duró varias horas; y cuando Kuzaliwa finalmente abrió sus ojos, el débil resplandor de la mañana hería ya la espesa capa de nubes. No podía moverse. Todo su cuerpo, a excepción de la cabeza y las manos, estaba enterrado bajo gruesas capas de ceniza.

–¿En dónde estoy? ¿En dónde está mi esposo?

–No te preocupés. El regresará pronto. Por si no te acordás

–Don't worry. He'll be back soon. In case you don't remember, you arrived here last night in poor shape, but your husband brought you here on time: before the poison did you in.

–Poison? What are you talking about?

–You don't know? You were about to die from a gray insect bite. It produces open sores, vomiting, swelling, an extended belly like you had yesterday.

–And my children? Didn't you know I was expecting...

–No. It had nothing to do with pregnancy. In the past, people confused this swelling with pregnancy, but now we know that the women of Erectia are sterile. You are chroniclers, knowers of sacred secrets. You better than anyone should know that.

–But the elders said that...

–I know. They told me everything. It could have been an error in the reading. It may deal with your future or that of someone else. Sometimes the wind mixes up the paths, the residue of atol shuco, the fibers of alhuashte...

–It can't be. You're lying. I want to leave. I want to see my husband.

–Calm down. You're in good hands. Your husband is working in our workshop. He'll be back soon. For now, you need to sleep.

The old woman gave her some sips of medicine made from herbs. The bitter brew reduced her to silence; the whole world spun around her. How could she have escaped. She would have done anything to face the curer who, it seems, planned to keep her captive. Something was wrong, she felt it; and for some reason, she was lying to her. She made desparate intents to move her hands, her feet --once and again. Until concluding that everything was in vain. Then, she let herself fall into a profound abstraction in which she could only think of Katika Upendo, the unforgettable memory of his voice, inviting her to color, inviting her to life.

She couldn't believe it. For various months, she and Katika Upendo defied the natural laws of Erectia, the region where the land, water and atmosphere produced sterility. It wasn't always like this. In the distant past, fertility floated in the bosom of its

viniste anoche en mal estado, pero tu esposo te trajo a tiempo; antes de que la ponzoña acabara con tu cuerpo.

–¿Ponzoña? ¿De qué me habla?

–¿No lo sabés? Estuviste a punto de morir por la picadura del insecto gris. Produce llagas, vómito, hinchazón, vientre abultado como el que tenías ayer

–¿Y mis hijos? Sabía usted que yo esperaba...

–No. No se trataba de un embarazo. En el pasado, la gente confundía esta hinchazón de vientre con la preñez, pero ahora sabemos que las mujeres de Erectia somos estériles. Ustedes son cronistas, conocedores de sagrados secretos. Ustedes mejor que nadie deberían saberlo.

–Pero los ancianos dijeron que...

–Lo sé. Ellos me contaron todo. Pudo tratarse de un error en la lectura. Quizá se trata de tu futuro o el de cualquier otra. A veces el viento enreda los caminos, los residuos de atol shuco, las hileras del alhuashte...

–No puede ser. Usted miente. Quiero irme. Quiero ver a mi esposo.

–Tranquila. Estás en buenas manos. Tu esposo está trabajando en nuestro taller. Regresará pronto. Por ahora, necesitás dormir.

La anciana le dio a beber a sorbos un medicamento hecho con hierbas. La amargura del brebaje la redujo al silencio; el mundo entero daba vueltas a su alrededor ¡Cómo hubiera querido escapar! Habría hecho cualquier cosa por enfrentar a la curandera quien, al parecer, tenía intenciones de mantenerla cautiva. Algo estaba mal, lo presentía; y, por alguna razón, ella le estaba mintiendo. Hizo intentos desesperados para mover sus manos, sus brazos. Una y otra vez. Hasta concluir que todo era inútil. Entonces, se dejó caer en una profunda abstracción en donde solo podía pensar en Katika Upendo, el recuerdo inolvidable de su voz, invitándola al color, invitándola a la vida.

No podía creerlo. Durante varios meses, ella y Katika Upendo desafiaron las leyes naturales de Erectia, la región donde la tierra, el agua y la atmósfera producen esterilidad. No siempre fue así. En un lejano pasado la fertilidad flotaba en el seno de sus torrentes; mas un día, quizá por designio de los dioses, se desvió misteriosamente hacia lejanos e inalcanzables cauces.

torrents; but one day, perhaps by the will of the gods, it mysteriously detoured toward distant and unreachable currents. From then on, they established laws to receive only the elderly lost souls; and, at times, lost children. It didn't matter. They had no choice but to stay in a place where the atmosphere would transform them into somber, leaden beings, without progeny. Perhaps Kuzaliwa y Katika Upendo were an exception. Maybe this was their destiny; and that's why they tried to keep it hidden until they were sure. But, ¿how could she find out? Through ancient tales they discovered the paths, symptoms and care of pregnancy. And when they thought everything was very clear, they decided to hide it until the last moment of delivery. For that reason, it was easy to leave Erectia. The ancient texts assured the existence of a marvellous world on the other side of the ridge, extensive regions blessed with a warm sun, with delicious fruits and abundance of color. A true paradise for their descendants.

She knew that Katika Upendo would never forget his promise. She needed to calm down. No matter what happened, Katika Upendo did not dare abandon her, but days went by without his company. Constantly, between dreams, she asked about him. The old woman tried to calm her down, she assured her that he always came home from work late at night, when drugs for pain, made her sleep deeply.

–But I want to explain to him that... My pregnancy...

–You worry too much. My husband will take care of talking with yours. Let the men sort things out. Life...? We always have the last word... They just have to accept it.

She could scarecely believe such arrogance. What could she do now? Just regain her strength. She knew that her recuperation would be dificult; every day her body oozed tendrils of gray blood, provoked in spasms by the supposed poison that, according to the old woman, could be treated with baths of ash in a cold environment. The hut she was in was adequate for the occasion: airy, spacious, with various holes in the roof through which filtered rain and the early morning cold. It was a hut like any other, with a polished stone floor --in a gray tint

Desde entonces formularon leyes para recibir sólo a ancianos errantes; y, a veces, uno que otro niño extraviado. No importaba. Ellos no tenían otra opción que permanecer en un hogar donde la atmósfera los transformaría en seres plomizos, sombríos, sin descendencia. Quizá Kuzaliwa y Katika Upendo eran una excepción. Quizá ese era su destino; y por eso, intentaron ocultarlo hasta estar seguros. Pero, ¿cómo saberlo? A través de antiguos relatos se enteraron sobre los cambios, los síntomas y los cuidados de la preñez. Y cuando creyeron que todo estaba muy claro, decidieron seguirlo ocultando hasta el momento del parto. Por eso, no les costó abandonar Erectia. Los textos antiguos aseveraban la existencia de un mundo maravilloso al otro lado del acantilado, extensas regiones bendecidas por un sol cálido, con deliciosos frutos y abundancia de color. Un verdadero paraíso para su descendencia.

Sabía que Katika Upendo nunca olvidaría su promesa. Era necesario tranquilizarse. No importaba lo que sucediera, Katika Upendo no se atrevería a abandonarla, pero los días pasaron sin su compañía. Constantemente, entre sueños, preguntaba por él. La anciana intentaba tranquilizarla, le aseguraba que él siempre regresaba del trabajo a altas horas de la noche, cuando las drogas para el dolor la hacían dormir profundamente.

–Pero yo quiero explicarle que... mi embarazo...

–Te preocupás demasiado. Mi esposo se encargará de hablar con el tuyo. Deja que los hombres arreglen sus cosas ¿La vida...? Nosotras siempre tenemos la última palabra... A ellos sólo les toca aceptar.

No podía creer semejante atrevimiento ¿Qué podía hacer? Tan solo recuperar fuerzas para incorporarse. Sabía que su recuperación sería difícil; cada día su cuerpo se iba en incontenibles hilos de sangre gris, en espasmos provocados por la supuesta ponzoña que, según la anciana, podría combatirse con baños de ceniza en un ambiente frío. La choza donde se encontraba era adecuada para este propósito: ventilada, espaciosa, y con múltiples huecos en el techo por donde se filtraban la lluvia y el frío de la madrugada. Era una choza como cualquier otra, con un suelo de piedra pulida y tintura gris desgastada por el tiempo que contaba solo con tres paredes. Alguien habría derribado la cuarta, para conseguir una especie de portal per-

wasted away by time, but it only had three windows. Some-one knocked out the fourth, to leave some kind of permanently open gate to the sea, toward the beauty in a gray sky that con-stantly changed its intensity.

The old woman was always there. Gazing at that natural picture, while she operated her tools: needle containers, clay molds, small frames; and near the threshhold, a loom she oper-ated herself with two levers and three pedals. Every afternoon, she placed thick thread above and below the rods, so that they crossed; later, she attached a multitude of thin threads to make a small chain, which little by little, loosened to form a tuft. She braided it patiently. Her weaving began and ended with a large braid. That was the basis of all the weaving she created.

From the bed covered with gray layers of ash, Kuzaliwa ob-served her in silence. She had lost her voice. She was never sure if she was day dreaming or witnessing the precursors of death. One afternoon, the old man returned early to repair the loom. Kuzaliwa observed that he didn't speak; he responded to all his wife's concerns using a small instrument of chords that he vibrated like a virtuoso. The sounds were exquisite For a moment, she thought that a music like this could only surge from an exceptional spirit; then she feigned sleep, to keep from interrupting the music. When the repair was finished, the old man's wife offered her husband a gourdful of fragrant atol shuco and both sat close together, on a worn gray bench.

–Poor little girl, she thought she was pregnant. We need to help them cross over to the other side. Only in the other world can they conceive. We need to help them, somehow, they're like us. When we were young... Do you remember?

He nodded with his head, while he tried to drink the atol shu-co without his mask falling off. He just opened, for an instant, a wooden piece by his mouth, but he had to do so carefully be-cause the mask would fall off automatically. Strange! Why this obsession with going around with his face covered?

–Sometimes I ask what would have become of us if... Sadly, we weren't prepared. Not to make that jump. But how I would have wanted to have had children that looked like me or looked

manentemente abierto hacia el mar, hacia la belleza de un cielo gris que cambiaba constantemente su intensidad.

La anciana estaba siempre ahí. Contemplando esa pintura natural, mientras operaba sus utensilios de trabajo: contenedores de agujas, moldes de arcilla, pequeñas maquetas; y cerca del umbral, una máquina tejedora que ella misma movilizaba con dos palancas y 3 pedales. Cada tarde, ella colocaba gruesos hilos por encima y por debajo de las varas, hasta formar un entrecruce; luego, enlazaba multitud de hilos delgados hasta moldear una cadeneta, que poco a poco, se soltaba en una especie de mechón largo. Ella lo trenzaba pacientemente, su tejido iniciaba y finalizaba con una larga trenza. Esa era la base para todo el tejido que confeccionaba.

Desde la cama cubierta con gruesas capas de ceniza, Kuzaliwa la observaba en silencio. Había perdido la voz. Nunca estaba segura si soñaba despierta o percibía escenas precursoras al escenario de la muerte. Una tarde, el anciano regresó temprano para reparar la máquina tejedora. Kuzaliwa observó que él no hablaba; respondía a todas las inquietudes de la esposa utilizando un pequeño instrumento de cuerdas que hacía vibrar con extraordinaria virtud. Los sonidos eran exquisitos. Por un momento pensó que una música así, solo podría brotar de un espíritu excepcional; entonces, fingió dormir, para no interrumpir la música. Cuando terminó la reparación, la esposa le ofreció un huacal de oloroso atol shuco y ambos se sentaron muy juntos, en un gastado escaño gris.

–Pobre chiquilla, creyó que estaba embarazada, -dijo la anciana-. Debemos ayudarles a cruzar hacia el otro lado, sólo en el otro mundo podrán concebir. Debemos ayudarles. De alguna manera ellos son como nosotros, como cuando éramos jóvenes... ¿Te acordás?

El asintió con la cabeza, mientras hacía esfuerzos para beber el atol shuco sin quitarse la máscara. Tan solo apartaba, por un instante, un trocito de madera ubicado a la altura de la boca, pero debía hacerlo con cuidado porque la máscara volvía a cerrarse automáticamente ¡Extraño! ¿Por qué esa obsesión de andar con el rostro cubierto?

–A veces me pregunto qué hubiera sido de nosotros si... –guardó silencio por un momento–, lamentablemente no es-

like you, with your smile, your color, the beauty of your face.

She carressed her loved one's hair. The man began to take off his mask, leaving uncovered sensual lips and and a young man's beard that contrasted with his gray hair and decrepit body.

–No. Don't take it off. They musn't see you. It would better to leave a bit of atol for your apprentice.

Kuzaliwa made an effort to overcome her curiousity. She didn't want to ask questions and shut her eyes until the slow steps of the supposed old man were no longer heard. The old woman returned to her work. The blasts of wind picked up like never before, scattering the thread, curtains and the layers of sifted ash over a recuperating body. The old woman was so absorbed in her work that she couldn't hear the weak voice, hoarse from illness, pleading for a blanket. The weaver opened and stretched out her fingers to join all the treads together with incredible speed. Her hands seemed to fly freely, like a pair of nervous birds trying to seize the chain, the secret shades of gray. Suddenly, her hair came undone, scattering out like floating fibers all over the place. Strange vision! The threads seems to spread out at the same speed as she pedalled. Growing ever more . . . Until it managed to entwine itself in various bobbins placed over a type of tubing or gizmo to store thread. These fed the main tube. Incredible! She made cloth and hammocks from her own hair.

Kuzaliwa steeled herself against the base of her bed. She would have given anything to rid her mind of that weird sight.. Fear? She was sure of having lost her sense of reality and only wanted to go back, toward the high ridges of Erectia or perhaps desert the shores of the gray swamp. Running without a destination, until falling splayed out in a deep and immortal dream –Fantasy! She couldn't count on such luck; but she ran among imaginary trees, planted in the singularity of a still life. They had an enigmatic power. She ran toward the grass, without removing her gaze. There were giant, gray poplars, fixed forever at the edge of the swamp. While she ran, she listened: "Kuzaliwa... Kuzaliwa..." And the voice resounded cavernously, inside her. At first, she felt free; but later, the image became repetitive:

tábamos preparados. No para dar aquel salto. Pero como me hubiera gustado tener hijos parecidos a mí o parecidos a vos, con tu sonrisa, tu color, la belleza de tu rostro.

Ella acarició los cabellos de su amado. El hombre comenzó a quitarse la máscara dejando al descubierto unos labios sensuales y una barbilla juvenil que contrastaba con el pelo cano y la decrepitud del cuerpo.

–No. No te la quités. Ellos no deben verte. Será mejor que le lleves un poco de atol a tu aprendiz.

Kuzaliwa hizo un esfuerzo por vencer la curiosidad. No quiso hacer preguntas y cerró los ojos hasta que los pasos lerdos del supuesto anciano dejaron de escucharse. La anciana retornó a su labor. Las ráfagas de viento arreciaron como nunca alborotando los hilos, las cortinas y las capas de ceniza cernidas sobre un cuerpo en recuperación. La anciana estaba tan absorta en su labor que no pudo escuchar la voz débil, casi áfona de la enferma, quien suplicaba por una frazada. La tejedora abría y estiraba los dedos para unir todos los hilos con increíble rapidez. Sus manos parecían volar libres, como dos pájaros inquietos tratando de asir el encadenamiento, las variaciones secretas del gris.

De pronto sus cabellos se soltaron, extendiénodose como hebras flotantes sobre todo el recinto. ¡Extraña visión! A medida que pedaleaba, las hebras parecían extenderse. Crecer más y más... Hasta que logró enrollarlas a todas en varias madejas que colocó sobre una suerte de tuberías o porta hilos anexo. Estos alimentaban la urdimbre principal ¡Increíble! Ella confeccionaba tela y hamacas con su propio cabello.

Kuzaliwa se abrazó a la base de la cama. Hubiera dado cualquier cosa por apartar de su mente esa inusitada visión ¿Miedo? Ella estaba segura de haber perdido el sentido de la realidad y solo deseaba dar marcha atrás, hacia las alturas escarpadas de Erectia o quizá desertar sobre las riberas del pantano gris. Correr sin rumbo fijo, hasta caer extenuada en un profundo e inmortal sueño ¡Fantasía! No podía contar con tanta suerte; pero corrió entre árboles imaginarios, plantados en la singularidad de una naturaleza viva. Tenían un poder enigmático. Ella corría sobre la hierba, sin dejar de contemplarlos. Eran álamos gigantescos y grises, fijados para siempre al borde del pantano.

three vertical poplars, very elongated along the first line; and in the second, another type of tree just as big, its foliage shaking in the wind. Later, a clean line. Dead point. Clear space. Vanished. Desert. And again, a river of foliage, the representation of the three trees along the first line; the verticality of as many more in the second. Similarly affected by the wind. The same image multiplied to infinity. The same reproduction extending to the unbreakable gray perpetuity. It felt maddening. Was she indeed a captive, or a prone doll in a decorative bowl? Then, something changed. A road opened up before her eyes; it was just barely a narrow and uncomfortable footpath among giant trees, that could surely take her to the other contrasting end of nothingness. But it opened up, without questioning. From a distance, she heard voices, warbling birds. Laughing men, from a distance...

And little by little, the road became larger, till she could see a clearing in the forest where the gray was concentrated, where the panoply of sounds stopped for an instant. She was not surprised. An adulterated fragrance in the forest confirmed to her that she was not alone. As a precaution, she hid among the scrub, through which she gazed a peculiar scene: four people having lunch on a river bank. Two of them were men dressed in totally strange clothing, never seen in Erectia; and both, lying on the grass conversing with a completely naked woman, who rested her chin on her right hand. In the distance, another woman, dressed in a camisole remained lying down, with a hand upon the ground; it seems, she had just come from the river. Kuzaliwa drew closer to see better. Impossible! One of those men was her husband, Katika Upendo; and another was the old masked man, the owner of the hut where they stayed. She couldn't see his face because of the mask. She couldn't hear his words; only his eloquenct manner, the unique gestures of every great speaker; for a moment, everlasting impression , the man stretched out his right hand, pointing toward the naked lady. But, how? He could just barely speak.

Kuzaliwa dragged herself a bit more through the scrub. The naked woman turned her face forward, toward her; and only

Mientras corría, ella escuchó: "Kuzaliwa.... Kuzaliwa..." Y la voz resonaba cavernosamente, en su interior. Al principio se sintió liberada; pero luego, la imagen se volvió repetitiva: tres álamos verticales, muy alargados en la primera hilera; y en la segunda, otra serie de árboles igualmente largos, con un follaje agitado por el viento. Luego, trazo limpio: punto muerto, espacio claro, despejado, desierto. Y nuevamente, la desembocadura del follaje, la representación de tres árboles en la primera hilera; la verticalidad de otros tantos en la segunda. Afectados similarmente por el viento. La misma imagen multiplicada hasta el infinito. La misma reproducción extendiéndose a la inquebrantable perpetuidad gris. Sintió enloquecer ¿Era acaso una cautiva, o una muñeca plasmada en un cuenco decorativo?

Entonces, algo cambió. Un camino se abrió ante sus ojos; era apenas una angosta e incómoda trocha situada entre gigantescos árboles, que seguramente podría llevarla a otro punto contrastante de la nada. Se abrió paso sin cuestionamientos. A lo lejos escuchó voces, gorgojeos de pájaros. Carcajadas de hombres, a lo lejos...

Y poco a poco el camino fue ensanchándose, ensanchándose, hasta divisar un claro en el bosque, donde la tonalidad se concentraba en espesura gris, donde el conjunto de sonidos se detuvo por un instante. No se sorprendió. Un olor adulterado en la floresta le confirmó que no estaba sola. Por cautela se escondió entre la maleza, desde donde contempló un cuadro peculiar: cuatro personas almorzando a la orilla de un río, dos de ellos eran hombres vestidos con trajes completamente extraños, nunca antes vistos en Erectia; ambos, tumbados sobre la hierba conversaban con una mujer completamente desnuda, quien sostenía su barbilla con la mano derecha. Al fondo, otra mujer vestida con camisón permanecía inclinada, con una mano sobre la tierra; al parecer, acababa de abandonar el río. Kuzaliwa se acercó un poco más para lograr una mejor visibilidad ¡Imposible! Uno de esos hombres era su esposo, Katika Upendo; y el otro era el anciano enmascarado, el dueño de la choza donde se hospedaban. No pudo ver su rostro, pues, usaba máscara. Tampoco pudo escuchar sus palabras; tan solo, se pasmó en la inexplicable y repentina actitud elocuente del hombre, en los peculiares gestos que caracterizan a todo gran conversador.

then, could she establish that she was identical to the old weaving woman, or, better yet, was her, the same weaving woman completely rejuvenated, with her locks of hair reduced to a single braid. A braid she had surely made into a bun. And next to the naked lady there were clothes, her hat, an overturned basket from which had escaped fruit, leaves, cheeses, loaves of bread... A complete breakfast on the grass! And above, near the branches, a brilliantly feathered bird gazed upon their actions. Indignant! She couldn't believe what she was seeing. What trickery! What kind of joke or scheme were they up to? This time, she was going to confront them. She decided to attack without mercy, until their arrogance and deceit were made manifest.

Seized by confusion, she sunk her nails into a bush. Her breast and hand were splattered. Jets of gray sap splashed copiously from the trunk like an unstoppable hermorrhage. She felt guilty. She tried to clean her hands stained with sap. Forever stained with some gray substance. The wind picked up. A flock of silver headed birds surged through the air. "Mercy!" she murmured, sinking her head in her hands --"Not like this. . . ."

Despite her pleas, the wings multiplied while the forest changed from shadow to light, from darkness to shining gray. Little by little, the luminosity began to flee; including that derived from the natural brilliance of things, of the dew or from the point of confusion and constrast between bodies. The blasts were intense. Limbs, flowers and stones easily yielded to her whims, joining the vortex. She felt afraid. A devastating blast punched through the clearing,   mixing indiscriminately trees, grass and the four bodies that floated like figures painted on the cards of an unknown gambler. Kuzaliwa sighed, chained to the trunk, with her hands stained by her trascendental gray sin. Until her moment arose. The wind enveloped her in an interminable whirlwind; without giving her time to let loose of the trunk that had injured her, not the chance to gaze, for the last time, upon the remains of what once was... And, grasping the bush, she tried to murmur his name.

–Kuzaliwa, wake up. Your fever is over.

Still dazed by the effects of the whirlwind, she made an effort

Por un momento de impresión eterna, el hombre mantuvo su mano derecha extendida, apuntando hacia la mujer desnuda, quizá como un marcado gesto para enfatizar su discurso. Pero, ¿Cómo? ¿Acaso él podía hablar?

Kuzaliwa se arrastró un poco más entre la maleza. La mujer desnuda giró el rostro hacia el frente, hacia ella; y solo entonces, pudo comprobar que era idéntica a la anciana tejedora, o más bien era ella, la misma tejedora completamente rejuvenecida, con su cabellera convertida en un solo hilo de trenza. Una trenza que seguramente ella había ajustado alrededor de su cabeza. Y junto a la dama desnuda se encontraban la ropa, un sombrero y una canasta volcada de la que habían escapado frutas, hojas, quesos, panes... ¡Todo un almuerzo sobre la hierba! Y arriba, cerca del ramaje, un pájaro de brillantes plumas contemplaba sus acciones... ¡Indignante! No podía creer lo que estaba observando ¡Qué artimaña! ¿Qué clase de broma o treta se traían entre manos? Esta vez, iba a enfrentarlos. Estaba decidida a lidiar sin misericordia, hasta que su descaro y falsedad quedaran al descubierto.

Presa por la confusión, hundió sus uñas en un arbusto. Su pecho y sus manos se salpicaron. Chorros de savia gris brotaban copiosamente del tronco como una incontenible hemorragia. Se sintió culpable. Intentó limpiar sus manos manchadas con savia. Salpicadas para siempre con la sustancia gris. El viento arreciaba. Una bandada de pájaros con cabeza de plata surcó por los aires: "¡Misericordia!" –murmuró, hundiendo el rostro entre sus manos–, "no de esta forma..."

A pesar de sus súplicas, las alas se multiplicaron mientras el bosque transitaba de la sombra a la luz, de la oscuridad al fulgor gris. Poco a poco, la luminosidad comenzó a fugarse; incluso aquella que procedía del natural brillo de las cosas, del rocío, o del punto confuso y contrastante de los cuerpos. Las ráfagas eran intensas. Ramas, flores y piedras cedían fácilmente a sus caprichos incorporándose a la vorágine. Sintió miedo. Una devastadora ráfaga embistió el claro, desprendiendo de cuajo los árboles, la hierba y los cuatro cuerpos que flotaron como figuras pintadas en las barajas de un jugador anónimo. Kuzaliwa sollozaba encadenada al tronco, con sus manos pringadas por su trascendental pecado gris. Hasta que su propio momen-

to look at her surroundings. The old woman cleaned her ashen scabs with a warm sponge. Incredible! Her skin had healed. She noted that looked at her tenderly while she applied a quick bath of aromatic herbs. She was a good nurse.

–There aren't any scars. Your husband will be happy when he sees you well.

She made an effort of singing a brief tune as a token of gratitude, but her throat still wasn't strong enough. It wasn't necessary. The old woman smiled when she guessed her intentions.

–Your voice will get better later. You'll need another medicine to recuperate your complete harmony, your instilled intensity for art. For now, your husband is working with mine. He needs to learn all about machines. My husband built me that loom, you know. Before, I could only sew with needles, but one day he found my machine in a dump by the path. I don't know where. He discovered the place many years ago when he was looking for an escape for us.

–An escape?

–Yes. One day, we were young like you, cultured like you, with a high position in society: scribes, cultivators of the secret, until the desire to know color entered us, the light that shines from beyond. We did everything. We traveled to the crossroads, but we lacked courage, we couldn't make the jump. From then on, we've lived here, in the vecinity of two worlds, without being able to return to Erectia, without being able to cross to the other side. And that is how we lost our identities, our names. It didn't make any sense to use them. And that happens to anyone who suffers the nightmare of dwelling in the intermediate space. My husband refused to give up. He constantly took off to find a portal and that how he met them. He ran into the greatest polluters of the sea and the ports. They throw garbage into the great dump. They're made of iron and carry the sign of evil on their foreheads. With them, he learned the art of repairing machines. Fabulous machines that know how to cut, fly, destroy. They offered him a trip out. He turned it down for my sake. Then, they sealed it forever. They marked him with the sign of terror on his face, on his soul. From then

to acaeció. El viento la envolvió en un interminable torbellino; sin darle tiempo para soltar el tronco que ella misma había herido, ni la oportunidad para contemplar, por última vez, los restos de lo que fue... Y, aferrada al arbusto intentó murmurar su nombre.

Kuzaliwa, despertá. Tu fiebre ha cesado.

Todavía alterada por los efectos del torbellino, hizo un esfuerzo por echar un vistazo a su alrededor. La anciana le limpiaba las costras de ceniza con una esponja tibia ¡Increíble! Su piel había sanado. Ella notó que la miraba con ternura, mientras le aplicaba un rápido baño de hierbas aromáticas. Era una buena enfermera.

–No hay cicatrices. Tu esposo se alegrará al ver tu mejoría.

Hizo un esfuerzo por cantar una breve pieza como muestra de gratitud, pero la garganta aún no accedía a un esfuerzo semejante. No hacía falta. La anciana sonrió al adivinar sus intenciones.

–Tu voz mejorará pronto. Necesitarás otro medicamento para recuperar toda tu armonía, tu intensidad hecha para el arte. Por ahora tu esposo trabaja con el mío. Necesita aprender todo acerca de máquinas. Mi marido me construyó esta tejedora ¿Sabés? Antes yo sólo solía coser con agujas, pero un día encontró mi máquina en el vertedero. Yo no sé dónde está. El descubrió el lugar hace muchos años cuando andaba buscando una salida para nosotros.

–¿Una salida?

–Sí. Un día, fuimos jóvenes como ustedes, cultos como ustedes, con una buena posición en la comunidad: escribas, cultivadores del secreto, hasta que nos entró el deseo de conocer el color, la luz que ilumina en el más allá. Hicimos de todo. Viajamos hasta el entrecruce, pero nos faltó valor, no pudimos dar el salto. Desde entonces, vivimos aquí, en las inmediaciones de dos mundos, sin poder retornar a Erectia, sin poder cruzar al otro punto. Y así perdimos nuestra identidad, nuestros nombres. No tendría sentido usarlos. Y eso le ocurre a quien sufre la pesadilla de habitar en el intermedio. Mi marido no quiso resignarse. Constantemente se escapaba para encontrar un portal y así fue como los conoció. Se topó con los grandes contaminadores del mar y de los puertos. Ellos tiran la basura

on, he wears a mask. From then on he doesn't say a single word. Not even to me. Much less to those of us who chose the salty essence, because in the strength of his voice the embryos of death are unloosed.

She hadn't listened to her for a long time. She warned of fatigue, the sensation of spinning like a vortex over the things of the world or the whirlwind of things spinning like a vortex inside her; and, she decided to bring her back to health with something new. She covered her with a blanket and dragged an old chest to the bed.

–The treatment for cold is over. Look what I wove for you.

She showed her a precious dress and a shawl adorned with miniscule stone and silver lace. That was a work of art. Later, she took out other cloth and clothing of the same quality, but simply finished.

–You will need a change of clothes whether you decide to stay or leave. In any case, you can't just up and leave whenever you wish. You have to wait for the waves, the precise tide. Everything has its balance. One tide can take you to your destination; and another to a whirlpool with no return. It's just a matter of waiting.

Delicately, she put a camisole on her, with various openings to make the procedure easier. The design felt good to her. Later, she made her drink in one gulp an insufferable potion made from ash and bitter roots, emphasizing to her that she only needed four more doses to be completely healthy. The nurse murmured under her breath.

–I understand your bad mood. I should give you the second dose now. The others will seem less disagreeable.

She observed that the young woman had a gaze lost in the horizon and no news could bring her back. She concluded that she was not completely awake and that it was necessary to attract her to the paths of life, little by little. -"Everything is under control," she told her, carefully placing her right ear over Kuzaliwa's completely flat belly.

–Young lady, I can hear the call from inside you. You are flowering and soon you will be carrying. But remember that

en el gran vertedero. Están hechos de hierro y llevan el signo de la maldad en la frente. Con ellos aprendió el arte de reparar máquinas, fabulosas máquinas que saben cortar, volar, destruir. Ellos le ofrecieron un viaje. No lo aceptó por mí. Entonces lo sellaron para siempre, lo marcaron con el signo del terror en el rostro, en el alma. Desde entonces lleva una máscara, desde entonces no dice una sola palabra, ni siquiera a mí, mucho menos a quienes optamos por la salada esencia, porque con la fuerza de su voz se liberan los embriones de la muerte.

No la escuchaba desde hacía ratos. Advirtió el cansancio, la sensación de girar vertiginosamente sobre las cosas del mundo o el torbellino de las cosas girando vertiginosamente en su interior; y, decidió reanimarla con algo nuevo. La cubrió con una frazada y arrastró hasta la cama un viejo baúl.

–Se acabó el tratamiento contra el frío. Mirá lo que tejí para vos.

Le mostró un vestido precioso y un chal adornado con minúsculas piedras y encajes de plata. Era una obra de arte. Luego sacó otras mantas y prendas de la misma calidad, pero de acabado sencillo.

–Ustedes necesitarán cambio de ropa ya sea si deciden quedarse o si deciden partir. Como sea no se puede partir cuando se quiere. Hace falta esperar el oleaje, la marea precisa. Todo tiene su contrapunto. Una marea puede llevarte a tu destino; y la otra, al pasadizo sin retorno. Sólo es cosa de esperar.

Delicadamente, le puso un camisón con varias aberturas en los costados para facilitar el procedimiento. El diseño le sentaba bien. Luego, la obligó a beber de un solo golpe una insufrible pócima elaborada con ceniza y raíces amargas, enfatizándole que sólo necesitaría 4 dosis más para estar completamente sana. La enferma murmuró entre dientes.

–Comprendo tu mal humor. Debo darte la segunda dosis ahora mismo. Las otras te parecerán menos desagradables.

Observó que la joven tenía una mirada perdida en el horizonte gris y que ninguna noticia la reanimaba. Concluyó que no había despertado por completo y era necesario atraerla hacia los senderos de la vida, poco a poco.

–Todo está bajo control –le dijo colocando con cuidado su oído derecho sobre el vientre plano, completamente plano, de Kuzaliwa.

here, you can't do that. Only in the other world. Only with Katika Upendo can you reach the tide. Never let go of his hands.

A sudden fluctuating noise was heard from the portal. The old woman heeded the news without dropping the medicine jar. Beyond the fence screeched a self-propulsion machine, with four wheels, two lights and various sheets of perforated metal, covered in a terrible shade of gray. She had never seen anything like it. Katika Upendo manipulated the machinery, while the old man signalled how to go forward and stop. She then knew this was the moment. It wasn't necessary to approach them. Her husband confirmed it with a signal, and without losing time, she ran toward the hut to place everything in the trunk.

–Kuzaliwa, wake up. The time has come.

Again, she had fallen into a deep sleep. She brushed the hair from her face and gave her the remaining doses all at once; while she murmured in her ears:

–You will be well, child. The fever has broken and you no longer run any risk. You must go now. The portal to the other world is open and many long years may pass before it opens again.

She tried to open her eyes. The variation of light prejected a spectral appearance on the old man who entered to carry the heavy trunk. She was terrified of the old man. She didn't want him near; and tried to reach the machine where Katika Upendo was waiting. He wasn't aware of her at all. Contrary to what she believed, he didn't run to meet her; he only got out of the machine to receive new instructions from the old man who whispered secret words in his ear. Kuzaliwa seemed worried.

–Don't worry. It's not as bad as you imagine. Sometimes terror or the force of terror is necessary to step forward. Don't forget, when the moment comes, stretch out your hand and call out his name.

Her head was spinning in the midst of so much confusion. She lost his wits and minutes later, when she and the auto were already crossing the chain of hills, she scarcely remembered that someone had moved a lever to adjust her seat and that

–Jovencita, puedo escuchar el llamado en tu interior. Estás floreciendo y pronto estarás cargada. Pero recordá que aquí no puede ser. Sólo en el otro mundo. Sólo con Katika Upendo podrás alcanzar la marea. Nunca te soltés de su mano.

Un estrepitoso y fluctuante sonido se escuchó desde el portal. La anciana acudió en el acto sin soltar la jarra del medicamento. Más allá del alambrado rechinaba una máquina de autopropulsión, con cuatro ruedas, dos faroles y varias láminas perforadas, revestidas con un terrible color gris. Nunca había presenciado nada similar. Katika Upendo manipulaba la maquinaria, mientras el anciano le hacía señales para avanzar y detenerse. Entonces supo que había llegado el momento. No fue necesario que se acercara. Su esposo se lo confirmó con una señal, y sin perder tiempo, corrió hacia la choza para acomodar todo lo necesario en el baúl.

–Kuzaliwa, despertá. La hora ha llegado.

Nuevamente había caído en un profundo sueño. Apartó los cabellos de su rostro y le dio a beber todas las dosis de un solo golpe; mientras murmuraba en sus oídos:

–Estarás bien, niña. La fiebre ha cesado y ya no corrés peligro. Es preciso que se marchen ahora. El portal hacia el otro mundo está abierto y quizá pasen largos años antes de que se abra otra vez.

Hizo un esfuerzo por abrir los ojos. La variación en la luz proyectó una apariencia espectral en el anciano quien entró para cargar el pesado baúl. Sintió terror. No lo quería cerca; y esto le dio fuerzas para avanzar hacia la máquina donde la esperaba Katika Upendo. Este la ignoró por completo. Contrario a lo que ella creía, no corrió a su encuentro; tan solo se bajó de la máquina para recibir nuevas instrucciones del anciano quien, misteriosamente, murmuraba algo en los oídos de Katika Upendo.

Kuzaliwa parecía inquieta.

–No te preocupés –dijo la anciana–, él no es tan malo como presentís. A veces el terror, o la misma fuerza del terror es necesaria para dar un paso más allá. No lo olvidés, en cuanto llegue el momento, estrechá su mano y convocá su nombre.

La cabeza le daba vueltas entre tanta confusión. Perdió el sentido y minutos más tarde, cuando el auto ya cruzaba el en-

ever warm hands had covered her with a blanket. The road was twisted and rough. Fear kept her from sleeping. She felt like sharing her emotions, but changed her mind amidst the constant screams of Katika Upendo, who drove the machine with extreme clumsiness. It was better not to criticize him. A single word could bring down an unnecessary fight and she tried to calm down focusing on the natural beauty that surrounded them: giant poplars lashed by the wind. The intensity announced a strong hurricane, but that didn't matter if they managed to reach the portal; that it, the right tide.

Soon, her dreams became reality. Why worry? Why argue about a ride in an old wreck they picked out of the junkyard? Soon, she and Katika Upendo would enjoy the sweet dream they'd shared since childhood, when they ran through the forest counting the greatest possible number of trees: "It's mine, it's mine, the one with high branches is mine; and that other one is mine." "And when we travel to the other side we'll paint them in color." That's how they took over the world. "Wait a moment," she murmured, "perhaps it'll be a good way to cheer up." And she continued yelling out: "One, two, three, thery're mine. One, two, three, they're mine. One, two. . . .Wait a minute. . . . Hasn't this happened to me before?"

Full of fear, she noticed the first line; then the second, with another kind of trees just as large --their leaves shaken by the wind. Later, a clear line. Dead point. And an uncolored space that led to a accumulation of the same kind of trees in the same position. Without varying. Without birds nests. And worse! ...with the effect of the wind upon the poplars. Terror! Once and again, the obsessive and interminable representation; just as it was revealed in the dream. And, full of anguish, she turned toward Katika Upendo to warn him of her premonition, but he was totally focused on his duty, with his gaze out of orbit, his hands tensed upon the wheel that he barely controlled.

–Sweetie, what's happening to you?

Without answering, he sharply turned down a path that led to a hill without trees. The wind picked up. The wind ripped off the top with a single gust.

cadenamiento de laderas, tan solo recordó que alguien había movido una palanca para ajustar su asiento y que las manos cálidas de siempre la arroparon con un cobertor. El camino era abrupto y escabroso. El temor le impedía conciliar el sueño. Sintió deseos de compartir sus emociones, pero cambió de idea ante los constantes gritos de Katika Upendo, quien manejaba la máquina con extrema torpeza. Era mejor no criticarlo. Una sola palabra podría desencadenar una innecesaria disputa e intentó tranquilizarse con la belleza natural que le rodeaba: gigantescos álamos azotados por el viento. La intensidad anunciaba un fuerte huracán, pero eso no importaba si ellos lograban alcanzar el portal; es decir, la marea precisa.

Pronto sus sueños se convertirían en realidad ¿Para qué preocuparse? ¿Para qué discutir en torno a una máquina averiada que recogieron del vertedero? Pronto ella y Katika Upendo disfrutarían el caro sueño que tuvieron desde la infancia, cuando corrían por el bosque contando el mayor número posible de árboles: "Es mío, es mío, aquel de ramas altas es mío; y ese otro, también es mío. Y cuando viajemos al otro lado los pintaremos de color" De esa manera se apoderaban del mundo.

–Un momento –murmuró–, quizá esa sea una buena forma para reanimarme. –Y continuó exclamando–: Uno, dos, tres, son míos. Uno, dos, tres, son míos. Uno, dos... Un momento... ¿Acaso esto ya me ha ocurrido antes?

Llena de espanto, observó tres álamos verticales, en la primera hilera; y en la segunda, otra serie de árboles igualmente largos, con un follaje agitado por el viento. Luego, trazo limpio. Punto muerto. Y un descolorido espacio que conducía, a la desembocadura de los mismos árboles, con idéntico follaje y en igual posición. Sin variaciones. Sin ruidos de pájaros ¡Y lo peor!... con el mismo efecto del viento sobre los álamos ¡Terror! Una y otra vez, la obsesiva e interminable representación; tal y como se revelara en su sueño. Y, llena de angustia se volvió hacia Katika Upendo para advertirle acerca de la premonitoria visión, pero él estaba totalmente enfrascado en su cometido, con su mirada fuera de órbita y sus manos tensas sobre un timón que apenas controlaba.

–Amor, ¿Qué te ocurre?

Sin responder, dobló bruscamente por un sendero que con-

–Sweetie, how can I help you?

–Only the dawn will engender the light.

–What?

–Only the dawn will engender the color.

–What are you talking about?

–Light, form and the new sun... Only the dawn will engender the color.

Kuzaliwa shook him trying to wake him. Perhaps both were victims of a spell or a sanction imposed by the laws of nature. In any case, the portal was close and it was necessary to collaborate, fight together till the end. Trapped in her desperation, she violently slapped him. She demanded an answer beyond that strange formula or code. The car was out of control and soon they were going toward a steep cliff. Kuzaliwa tried to jump. Inconceivable! She then tried to think of something else to not think about the horrible vision of four wheels out of control and the cold sensation that slid down her backbone. They didn't fall. They made it to the second cliff, just as Kuzaliwa decided to beat him. But he made himself deaf to all threats, pleas and threats.

–We can't die. You're my love. I'm your life.

Then, he kissed her forehead; and before the last curse, yanked on the throttle.

–Give me your hand. I am life. Katika Upendooooooooo.

She wasn't able to grab his hand. During the descent, the force of the wind knocked off pieces of the car. The gearshift sunk into her leg and the steering wheel into her thorax, just as his beloved jumped from the vehicle. In spite of everything, she wouldn't give up. And, steeled by hope, she called out his name. Once and again... Once and again... With all the words converted into acive verse, before these waves killed her voice forever, her hope and memory of a love condemned to a sad gray mist.

ducía a una colina sin árboles. El viento arreciaba. Una ráfaga derribó la capota de un solo golpe.

–Amor, ¿Cómo te puedo ayudar?

–Solo la aurora engendrará la luz.

–¿Qué?

–Solo la aurora anunciará el color.

–¿De qué estás hablando?

–Luz, forma y el nuevo sol... Solo la aurora engendrará el color.

Kuzaliwa lo sacudió intentando despertarlo. Quizá ambos eran víctimas de un hechizo o de una sanción impuesta por las leyes de la naturaleza. De cualquier manera, el portal estaba cerca y era preciso asociarse, luchar juntos hasta el final. Presa de la desesperación, lo zarandeó con violencia. Le exigía una respuesta diferente a esa extraña formulación o consigna.

El auto estaba fuera de control y pronto se incorporaron a una pendiente escarpada. Kuzaliwa intentó saltar ¡Inconcebible! Trató entonces de pensar en otra cosa para ignorar el horrible crujir de las cuatro llantas descontroladas y la fría sensación que resbalaba por su espina dorsal. No cayeron. Se incorporaron con éxito a una segunda pendiente, justamente cuando Kuzaliwa se resolvió a golpearlo. Pero él se mantuvo sordo a todo reto, a toda súplica o amenaza.

–No podemos morir. Vos sos el amor. Yo soy tu vida.

Entonces, él besó su frente; y antes de la última curva, apretó con fuerzas acelerador.

–Dame la mano. Yo soy la vida. Katika Upendooo.

No logró aferrarse a su mano. Durante el descenso, la fuerza del viento desbarató parte de la carrocería. La palanca de velocidades se hundió en su pierna y la rueda del timón, en el tórax, justo cuando su amado salió disparado del vehículo. A pesar de todo, no se daría por vencido. Y, aferrada a la esperanza, evocó su nombre. Una y otra vez... Una y otra vez... Con todos los vocablos convertidos en verso activo, antes de que las olas apagaran para siempre su voz, su esperanza y el recuerdo de un amor condenado a la triste llovizna gris.

***

A blast of air. Numerous waves moved away with no fixed direction, crashing substantially the dense and immutable cloud cap. Feathers flew like wounding darts. And in the infinite cascade, the thickness fell converted into warm foam. Expiation. Gray guilt. A sharp calamus injures the foot of a girl who plays among the waves. The sky saddens. Not a single drop, for the insufferable gray perpetuity. Suddenly, little by little, a boy emerges to give her a ring or golden hula hoop. They smile. The little girl receives the gift; and, they gaze at one another with the sudden and unexplainable desire of coming together in an affectionate embrace.

The rain thrashes. Light forms in rails among them. With the most remote possibility of interesection. The two bodies fight between light and shadow, between integration and rupture. The diverging lines multiply, keeping them from coming together. They tremble. Their lips murmur names, echoes, unintelligible voices. The little girl throws the gift to the sea, as the gusts began the atomization of their mouths. Soon, the ring ascends like a luminous and yellow disk; the luminic-chromatic spores penetrate into the essence of nature, consoldating the passage, pigmentation and marking of time over the eternal floating painting. The little ones are impressed. And, hand in hand they go, radiant, into the inmensity chromatic, without points of gray flight, with the miracle of color printed upon their new skin.

***

Golpe de aire. Numerosas alas emigran sin rumbo fijo, rayando sustancialmente la densa e inmutable capa de nubes. Las plumas vuelan como dardos hirientes. Y en la cascada infinita, la espesura cae convertida en tibia espuma. Expiación. Culpa gris. Un filoso cálamo hiere el pie de una niña que juega entre las olas. El cielo entristece. Ni una sola gota, ni una sola lágrima, para la insufrible perpetuidad gris. De pronto, un candoroso niño emerge para regalarle un aro o hula hoop dorado. Sonríen. La niña toma el obsequio; y, ambos se contemplan con el deseo súbito e inexplicable de enlazarse en un afectuoso abrazo.

El viento azota. Rieles de luz se forman entre ellos. Sin la más remota posibilidad de intersección. Los dos cuerpos luchan entre la luz y la sombra, entre la integración y la ruptura. Las líneas divergentes se multiplican impidiéndoles acercarse. Tiemblan. Sus labios musitan nombres, ecos, voces inenteligibles. La niña lanza el obsequio dorado hacia el mar, cuando las ráfagas inician la atomización de sus bocas. De pronto, el aro asciende como un disco luminoso y amarillo; las esporas cromático-lumínicas penetran en la esencia de la naturaleza, consolidando el paisaje, la pigmentación y las marcaciones del tiempo sobre la eterna pintura flotante. Los pequeños se impresionan. Y, tomados de la mano, penetran radiantes, en la inmensidad cromática, sin puntos de fuga gris; con el milagro del color impreso en la nueva piel.

MARÍA IGUANA

Once upon a time there was an enormous plant that wanted to sing, to dream, to laugh, to be... A frustrated painter by the name of Alberto Paniagua had found a strange seed in the bottom of a cup of atol shuco. He planted it in his patio for gray days, for sunless afternoons, for the boredom of the rainy season, but above all, for getaways full of poetic verse and blue landscapes. The bad thing about it was that it was illegal. He hid it among garden plants or squash vines every time don Cayetano Ixtepec, the local night watchman, or nosey Chabelita López, a traveling saleswoman who dispensed *atol shuco*, came to check up on him. The illegal nature of his company, however, greatly excited him.

María Iguana was her name, for the scales of her trunk glimmered like a an iguana in the fields. He christened her the very day he shut the entrance of his house to the guild of illborn knaves who shot down his dreams by tradition and design. And from then on, she comforted him. Only she knew how to calm him every time when, among his sobbing, she clung to his body as if to a confessional of verses; and these spells multiplied. They became as abundant as María Iguana's leaves and the spliffs smoked in nocturnal meditations. Every night, Alberto initiated passionate dialogues with María; and, in the most heated moment of the discussion, the lush plant let loose its tresses to jump around various points of the garden showing off the hidden beauty of its limbs, the elasticity of its roots and the secret voluptuousness of its essence. It was a sensual dance that stoked Alberto's nerves to the point of madness.

MARÍA IGUANA

abía una vez una enorme planta que quería cantar, soñar, sonreír, ser... Alberto Paniagua, un pintor frustrado, la sembró en el patio de su casa para los días aciagos, para las tardes sin luz, para los inviernos de ocio, y sobre todo, para los retiros cargados de versos marcados y paisajes azules. Lo malo es que la planta era ilegal. Y, por esta razón, solía disfrazarla con enredaderas de ayote o con falsas extensiones de hiedra, cada vez que se asomaban por allí, don Cayetano Ixtepec, el chismoso vigilante de la cuadra o la entrometida Chabelita López, una vendedora ambulante de *atol shuco*. Sin embargo, la ilegalidad de su presencia lo excitaba; su aroma, su frescura, su natural esencia dominaban la oscuridad de su mente.

María Iguana era su nombre. La bautizó así, el mismo día en que clausuró la entrada de su casa a los mal nacidos del gremio artístico, que por tradición y consigna acribillaron sus sueños. Y desde entonces, ella lo reconfortó. Sólo ella sabía cómo tranquilizarlo cada vez que entre lamentos se aferraba a su tronco como a un confesionario de versos; estos se multiplicaban a menudo, como las hojas recién cortadas de Iguana y los cigarrillos prendidos en sus constantes meditaciones secretas o en los tan ansiados momentos nocturnos cuando se suscitaban absurdas escenas que nadie sabría cómo explicar. Ni siquiera Alberto. Lo cierto es que cada noche, él iniciaba apasionados diálogos con María; y, en el momento más acalorado de la conversación, la frondosa planta desataba sus amarras para saltar en diferentes puntos del jardín mostrando la belleza oculta de

Truly, things went well for them, although the sun, at times, foiled his plans and on more than one occasion, María surprised him hunched over an electric iron, trying to dry the leaves he desired to consume. Alberto was voracious. His desire for María turned him into something more than a professional ironer, a veritably powerful wizard. In a single afternoon he rolled 5,000 spliffs from recently ironed leaves; and later with the help of the sorcerers of silence, he conjured up a special fertilizer for María Iguana; and in this way, she grew larger than any other plant in the history of her species.

For her part, she also loved him. Anxiously she opened her mirage eyes to contemplate the nascent verdure of the man who filled his canvas with May storm clouds, the yellow ochre of October and the dew impregnated with the dark storehouses of putrified nature. She also had her vice. Her one true vice was Alberto. And so, she awoke with the illusion of finding him among the remnants of everyday silence, in the insatiable holocaust of her leaves and in the perpetual humidity of the interminable rains that finally destablized even more the poor painter's mind.

But one day, Alberto changed. He was determined to recuperate his sanity and face the artists who had humilliated him. And defying the bad weather, he invoked the sorcerers of silence. They delivered to him an antidote that would confront the eternal demons of perpetual intoxication. The oldest of the sorcerers laid him down on the bed, applied the antidote over his skin, while the others recommended strict bedrest for 20 full moons, before undertaking the voyage to the outside world.

María Iguana became sadder every day... She cried all through the 20 moons, and one afternoon of intense cold she saw him slowly approach her. At last he had come... The young man wore an old leather backpack. It was his only baggage. The only possessions he had were 2 changes of clothes and an enormous box of brushes. Life was unbearable. The plant stretched out and tried to close her eyes to keep from seeing him leave, but Alberto clung to her trunk with tenderness to bid farewell, and in the eternal moment of the embrace, they both heard a song:

sus ramas, la elasticidad de sus raíces y la voluptuosidad secreta de su esencia. Era una danza sensual que enervaba los sentidos de Alberto hasta la locura.

En realidad, la pasaban bien, aunque el sol, por temporadas, era contrario a sus planes; y en más de una ocasión, María lo sorprendió afanado sobre el planchador de plástico, intentando marchitar, a fuerza de calor, las deliciosas hojas que anhelaba consumir. Alberto era voraz. Su deseo por María lo convirtió no solo en un planchador profesional, sino también en un sabio conjurador de hechizos. En una sola tarde fabricó 5000 cigarrillos con las hojitas recién planchadas; y luego, con la ayuda de los brujos del silencio, conjuró un abono especial para Iguana; y de esta forma, creció más que cualquier otra planta de su especie.

Por su parte, ella también lo amaba. Con ansiedad abría sus ojos de ensueño para contemplar el verdor naciente de las manos de aquel hombre que plasmaba en sus lienzos los nubarrones de mayo, el amarillo ocre de octubre y el rocío impregnado en los oscuros bodegones de naturaleza putrefacta. Ella también tenía un vicio. Su único y verdadero vicio era Alberto. Y tan solo, se despertaba con la ilusión de encontrarlo en los retazos de silencio cotidiano, en el holocausto insaciable de sus hojas y en la humedad perpetua del invierno interminable que terminó por desestabilizar aún más la mente del pintor poeta.

Pero un día, Alberto cambió. Estaba decidido a recuperar su cordura y enfrentarse a los artistas que lo habían humillado. Y, desafiando los malos tiempos, invocó a los brujos del silencio. Estos le entregaron un antídoto que conjuraría los eternos demonios de la intoxicación perpetua. El más anciano de los brujos le aplicó en el cuerpo, un condensado antídoto elaborado con hierbas putrefactas; mientras los otros, le recomendaban un reposo absoluto de 20 lunas llenas, antes de emprender el viaje al mundo exterior.

María Iguana entristecía cada día más... Lloró durante esas 20 lunas, hasta que una tarde de frío intenso lo encontró sonriente y saludable frente a ella. Había llegado el momento... El joven sostenía por todo equipaje dos mudadas de algodón

Dream, Dreamer, dreaming
the sleep of oblivion.
Dream, Dreamer, dreaming
in dreamy sleep
the god of fleeting sleep
who was . . .
and never was
Dream, Dreamer, dreaming
of dreams, bedreamed dreamer
of the sea of sleeping dreams.

Alberto Paniagua felt totally dry. He saw his hands and arms take on a strange texture... He tried to run away... To find an exit from his absurd destiny, but then his corpulent body was totally submerged in the trunk of María Iguana. And only then, he understood... And only then, he remembered again that his birth and life were broken phases in the plant's dream. When all was said and done, perhaps only she really existed.

In in that way, the dreaming plant loved. And in that way, the dreaming plant was... Because only through the shattered journey of dreams can we share live-giving waves, the effervescence of foam eternal engendered in dreams, in the dreamer, the dreamed that gives life...

y un enorme estuche de pinceles acomodados en una mochila de plástico. La visión era insoportable. La entristecida planta extendió sus ramas para ocultar la humedad verde de sus ojos; mientras él la reconfortaba con la ternura intensa de sus brazos. El ardor los fusionaba. Y, en el instante del eterno abrazo, ambos escucharon una melodía:

Sueña, Soñador, soñando
En el sueño del olvido
Sueña, Soñador, soñando
En el sueño ensoñado
Del dios Sueño fugitivo
Sueña, Soñador, soñando
En el sueño ensoñado del
que fue ...
Y nunca ha sido...
Sueña, Soñador, soñando
en el ensueño, soñador soñado
del mar Sueño adormecido.

De pronto, Alberto Paniagua se sintió totalmente seco. Observó que sus manos y brazos adquirían una textura peculiar... Quiso correr... Encontrar una salida a su absurdo destino; pero para entonces, su corpulenta figura estaba totalmente sumergida en el tronco de Iguana. Sólo entonces lo comprendió... Sólo entonces recordó, que su nacimiento y lo vivido eran fases rotas del ensueño de la planta. Al fin y al cabo, quizás solamente ella realmente existía.

Y de esta forma, la soñadora planta amó. Y de esta forma, la soñadora planta fue... Porque solo a través del desmigajado viaje del ensueño podemos compartir el oleaje vital, la efervescencia de la espuma engendrada eternamente en el ensueño soñador soñado del que da la vida.

CERDOREX

It was Christmas morning when don Anselmo Cruz, a retired small town butcher, presented himself in a state of inebriation at the The Happy Porker slaughterhouse, demanding that they turn over to him the annointed specimen, the missing link of the legendary Cerdorex, the mythical alien, who according to Anselmo and other town drunks, was reponsible for the birth of humanity. No one was in the slaughterhouse. Anselmo unsheathed his machete, as always, but unlike other days, he didn't hear the outbreak of laughter, nor the crude epithets from his former workmates. Then he remembered it was Christmas and surely the employees were delivering meat to the markets and nearby stores. He was about to withdraw when a bloody hand appeared among the recently sacrificed pigs. Anselmo recognized it immediately. He stretched out. Among the hanging pigs there thrust forth another hand that began to snap to the rhythm of a slow, poignant and melodious sound. Without ceasing to whistle or snap his fingers, a man slowly emerged, showing his gold teeth. It was Abel, the Briner, a man truly feared by the employees not just because he was the Mayor's godson but for his long record of entering and leaving the penitentiary, for a series of unsolved crimes, for his psychiatric file that contained clear evidence of his psychopathic personality.

–*We meet at last.*

Murmurred Abel, sketching on his lips a candid smile that was out of tune with the load of venom reflected in his pupils.

CERDOREX

Era de magrugada cuando don Anselmo Cruz, el retirado carnicero del pueblo, se presentó en estado de ebriedad en la carnicería "El Cerdo Feliz", exigiendo que le entregaran al último descendiente del ancestral e iluminado Cerdorex, un mítico extraterrestre que según Anselmo Cruz, y otros borrachos del pueblo, dio origen a la humanidad.

La carnicería estaba aparentemente sola. Como siempre, Anselmo desenvainó su machete para gastarse la misma broma del asalto a mano armada con la que siempre lograba amedrentar a cualquier trabajador desprevenido, pero a diferencia de otros días no escuchó los estallidos de risa, ni las frases socarronas de sus antiguos compañeros de trabajo. Entonces recordó que era navidad, y que seguramente los empleados estaban repartiendo la carne en los mercados o establecimientos más cercanos. Y ya estaba por retirarse cuando una mano ensangrentada apareció entre los cerdos recién sacrificados. Anselmo la reconoció de inmediato. La mano comenzó a chasquear una antigua balada popular, al tiempo que emergía lenta y rítmicamente entre los bultos de carne, hasta dejar al descubierto a un hombre robusto, sonriente y pálido, quien se esforzaba por mostrar una dentadura completamente gastada por la afición de mascar tabaco. Anselmo reconoció que había llegado la hora... Por un momento pensó en escapar, pero los tragos de más le hicieron subestimar las intenciones del aparecido. Se trataba de Abel, el salmuerita, un hombre muy temido por ser

Then he knew he would collect past due the payment for all the fights 700 times pacified, 700 times postponed.

With a old and sharp machete in his hands, Anselmo ran to the ravine, where they daily drained blood and poured decomposed animal remains. Abel seemed to enjoy the chase. From time to time, Abel let out a laugh to intimidate the victim who made desperate efforts to escape; until he felt cornered by fatigue and the irregularity of waterlogged soil. Men and machetes circled one another down in the ravine. While the world was spinning around, he could feel the force, the impetus, the overwhelming energy of that man who never stopped smiling. He was beaten. he dropped the machete and allowed Abel hit him, while his mind recreating the most memorable moments, the long conversations with the teacher Ciriaco; the interstellar encounters with the mythical king Cerdorex, the true "creator of humanity" and the amazing images of remote galaxies, as luminous as the last rays projected in his mind, as sizzling as the flames, burning under the comal in the kitchen, where his wife and children prepared food for sale.

And with these images he came to again. When he opened his eyes he exepelled the daily pestilent contents from his mouth, the consequence of his prolonged and noisy drinying spell. He was wet all over in his own juices. He didn't care. This little accident transported him again to the muckfield of mud, blood and manure where the pigs rolled around in everyday. What a fascinating remembrance. He seemed to enjoy that pestilence. They were similar, he thought, "a marvellous sacred frangrance. The authentic frangrance of where humanity originated."

That moment of profound meditation was interrupted by the noise of various noises: whispers, words, laughter, shouts, the warbling of birds, the bubbling of oil in the pot, numerous hands palming tortilla dough, the vibration of pieces of sheet metal that moved to raise the fire. There was no hurry. He would leave them in peace to avoid the fatigue and to not interrupt the preparations of Christmas Eve.

From far away, he noted the speeding up of the preparation of tamales and tortillas. The smallest gathered wood, carried

el ahijado del alcalde, y sobre todo, por su amplio récord de asaltos a mano armada, riñas callejeras, maltrato hacia mujeres y su relación con una serie de desapariciones que, inexplicablemente, jamás pudieron esclarecerse. Todos evitaban contacto directo con él. Todo el pueblo sabía que entraba y salía de la penintenciaría con facilidad, como si fuera un hospedaje para turistas, y además, que su expediente psiquiátrico, en poder del abogado defensor, contenía claras evidencias de una personalidad psicopática.

–Por fin nos encontramos–, murmuró Abel, esbozando una cándida sonrisa que contrastó con la carga venenosa reflejada en sus pupilas.

Era el momento de cobrar la factura. Abel le cobraría las siete afrentas de borrachos, las siete absurdas y escandalosas afrentas, setecientas veces rechazadas, setecientas veces postergadas.

Con el viejo y afilado machete en sus manos, Anselmo corrió hacia la barranca donde diariamente se vertía la sangre descompuesta y otros residuos contaminados. Abel parecía disfrutar la persecución. De cuando en cuando soltaba una risotada para amedrentar a la víctima que hacía esfuerzos desesperados por escapar, hasta que se sintió acorralado por la fatiga y la irregularidad del anegado suelo; machete y hombres rodaron barranca abajo. Mientras el mundo daba vueltas a su alrededor, pudo sentir la fuerza, el ímpetu y la locura desmesurada de aquel hombre dominado por la hilaridad. Estaba vencido. Soltó el machete y se dejó golpear, mientras su mente recreaba los momentos más memorables, las largas tertulias con el maestro Ciriaco, los interestelares encuentros con el mítico rey Cerdorex, el verdadero "creador de la humanidad", y las sorprendentes imágenes de remotas galaxias, tan luminosas como los últimos rayos proyectados en su mente, tan chisporroteantes como las llamas prendidas bajo el comal de la cocina, donde su esposa y los niños preparaban la comida para la venta.

Y con estas imágenes se incorporó de nuevo. Cuando abrió los ojos expulsó la cotidiana y pestilente bocanada, consecuencia de su prolongada y ruidosa borrachera. Súbitamente, se empapó en su propio caldo. No le importaba. Este pequeño

water in jugs, kept the fire going, while the oldest came back from the market. They had already sold the atol shuco, "the atol that raises the dead" as they always called that drink confected with fermented black and white corn with black or red beans. According to them, it was a food with magical properties, capable of restoring energy, breath and even the soul to those who suffered from hangover. But the mother didn't believe in that. She had tried to separate him from vice with homemade recipes, with fermented corn brews, with mouthwashes of rue and herbal waters and other concoctions closer to witchcraft than traditional medicine. Finally, she decided to ignore him. She prohibited her children from speaking a word to him, if he returned worse for wear. And if he became violent, they were under strict orders to show him the door, backed up by the threat of a beating. Unfortunately, the same scene repeated itself every morning.

–I'm back from the The Happy Porker. They let me come home! Knock... knock... knock.

Covered with filth, smelling of pig manure, the man made a superhuman effort to drag himself to the trunk of the ramada. He felt disoriented. He had to recover his strength to pronounce his daily litany of accumulated hatred and rage from so many years of boredom and frustration:

–I'm back from the The Happy Porker. They let me come home! Knock... knock... knock. Talk to me then, you sons of, you sons o' bees. Talk to me, you shitheads!

He was going to pronounce his other usual insults, but an attack of weakness threw him to the ground. Maybe the coche bomba, "car bomb" --that cheap liquor distilled in car radiators, he ingested over the past few days produced those sudden ravages, but last night he was downing the good stuff with the retired school teacher, dark beer, a few glasses of whiskey, courtesty of the "perfessor" and three bottles of chaparro moonshine bootlegged from Jocoro, where they raise lots of boar hogs. Surely, this liquor had sapped all his strength. For a moment, he felt light as a feather. And he even thought he could

accidente lo transportó de nuevo al lodazal de barro, sangre y estiércol donde diarimente se revolcaban los tuncos. Fascinante recuerdo. Parecía disfrutar esa pestilencia. "Somos similares", pensó, "ese maravilloso olor sagrado es el auténtico olor de donde provino la humanidad."

Lamentablemente su momento de profunda meditación se interrumpió ante la invasión de diversos ruidos: susurros, palabras, risas, gritos, gorjeos de pájaros, el burbujear de la manteca en el perol, numerosas manos palmeando la masa, la vibración de pedazos de ojalata que ellos agitaban para atizar el fuego. No había prisa. Los dejaría en paz para evitar la fatiga y para no interrumpir los preparativos de la Noche Buena.

A pesar de su borrachera él notó que todos estaban apurados en la preparación de las tortillas, tamales y otros platillos. Los medianos preparaban los tamales, los más pequeños desgranaban el maíz, limpiaban la enramada, atizaban el fuego y las mayores regresaban del mercado. Ellas habían vendido en la plaza, varias guacaladas de atol shuco, el atol "levantamuertos" como solían llamarle a esa bebida elaborada con maíces blancos, con maíces negros y fermentados. Según ellas, era un alimento con propiedades mágicas, capaces de retornarle la energía, el aliento y hasta el alma a aquellos que padecen de resaca. Pero la madre ya no creía en eso. Durante años, ella intentó curar al marido con infinidad de recetas, con esencias de maíz fermentado, con enjuagues de ruda, con extractos de lagartija, con mejunjes serenados bajo la luna menguante, bajo la luna menos cuarto y con otros brebajes más cercanos a la hechicería que a la medicina tradicional. Por último, optó por ignorarlo. Sus hijos tenían prohibido dirigirle la palabra. Y si intentaba una acción violenta contra ella, cumplirían la inquebrantable orden de mostrarle la puerta a fuerza de garrotazos. Lamentablemente, todas las mañanas se repetía la misma escena.

–*¡Ya llegué del Rastro Chico. Se me concedió volver! ¡Dum... Dum... Dum!*

Revolcado, sucio y mal oliente a estiércol de cerdos, el hombre hizo esfuerzos para arrastrarse hasta el tronco de la enramada, desde donde acostumbraba a gritar su cotidiano discurso de

float effortlessly toward other places, where a multitude of pigs grunted his name and received him with a raucous ovation. They were a multitude desiring to free themselves from human oppression. And submerged in the aether of his hallucination, he began to scream:

–Oh, my piggies, my poor little children, and what did I raise you for, why do I take care of you if everyday the butcher is going to plant a knife in you! But this is going to change! One day I'm gonna save all the piggies in the world. I, Anselmo Cruz, born and raised in Jocoro, it so happens, former fighter in the guerrilla, it so happens, former recruit in the Matasanos Battalion, it so happens, honorary member of Saloon Guild Inc., it so happens, ex-applicant to the post of PH Guard, it so happens, declare that I propose to save you. I will save all the pigs in the world, 'cept the politicians. I'm gonna save 'em from the knife, I'm gonna save 'em from being split open alive. Oh, how I suffer! How I suffer when all of you squeal! The squeals, again! No... don't squeal anymore, my children, don't squeal anymore my piggies, please! Soon we will be liberated by Cerdorex! And you will not suffer the price of the blade, of the butcher's knife, so handily wielded with precision. Soon, you will sate your vengeance in this cruel and hostile world full of carnivorous murderers who call themselve men. Don't give up, my piggies. Be manly. Hang on a little longer.

Imprisoned by an intense pain, he began to cry like a little boy. The last few nights his madness had accelerated, thanks to the words of Ciriaco López, a retired teacher, famous for his eternal addiction to the saloon and better known to the public as "the Perfessor." He loved to invite the most down and out ill-born boozers to share his writing. Only drunks could respect him. Only they could admire and judge his chimerical theories on the origins of human beings in the universe.

–I, Ciriaco López, sustain that Charles Darwin was mistaken. Mankind did not descend from apes, nor from anything like monkeys, but from the pig.

–Perfessor, my respectable perfessor, 'splain us how that could be.

odios y rencores acumulados después de tantos años de tedio y frustración:

–*¡Ya llegué del Rastro Chico. Se me concedió volver! ¡Dum... Dum... Dum! ¡Háblenme pues hijues, hijues del maíz. Háblenme, cerotes!*

Estaba preparado para pronunciar los otros insultos cotidianos, pero un asalto de debilidad lo arrojó al suelo. Ya no soportaba como antes. Una y mil veces se había revolcado con los borrachos. Quizás el "coche bomba", ese licor barato que ingirió en días anteriores, le provocaba esos estragos repentinos; pero la noche anterior estuvo chupando fino con don Ciriaco, el profesor jubilado. Se marinó con puras cervezas negras, varios vasos de whiskey, cortesía del "Maishtro" y tres botellas de chaparro contrabandeadas en Jocoro, un lugar donde abunda la crianza de cerdos. Seguramente todo ese licor había agotado sus fuerzas. Por un momento se sintió tan ligero como una pluma; y hasta creyó que podía flotar fácilmente hacia otros lugares, donde una multitud de cerdos gruñía su nombre y lo ovacionaba con entusiasmo. Era una multitud ansiosa por librarse de la terrible opresión humana. Y sumergido en el éter de su alucinación comenzó a gritar:

–¡Ay, mis tuncos, mis pobres muchachitos y para qué los crío yo, para qué los cuido si todos los díyas el matarife les clava el cuchillo! ¡Pero esto va cambiar! ¡Un díya, yo gua salvar a todos los tuncos del mundo. Yo, Anselmo Cruz originario de Jocoro, por casualidá, ex combatiente de la guerrilla, por casualidá, ex recluta del batallón Matasanos, por casualidá, miembro honorario de las cantinas agremiadas S. A., por casualidá, ex aspirante a guardia suburbano de la PH, por casualidá, en este preciso instante, les declaro que me propongo salvarlos. Salvaré a todos aquellos que no seyan políticos. Los gua salvar del cuchillo, los gua salvar de ser destasados vivos. ¡Ay, cómo sufro! ¡Cómo sufro cuando ustedes chillan! ¡Otra vez, esos chillidos. No... ! Ya no chillen mis niños, ya no chillen más mis tuncos, por favor! ¡Pronto seremos liberados por Cerdorex! Y ustedes no volverán a sufrir el precio de la navaja, del cuchillo

–Many years ago, before mankind appeared, there existed an extraterrestrial being named Cerdorex who came to Earth to reproduce, since on his planet all the females despised him for being a neurotic genius. Not being able to find a female of his species on Earth, he decided to experiment using his own cells. The reproductive machine severely malfunctioned and produced two types of beings: what we know now as swine, and the first men, who at first looked very much like swine. The only difference was that some were a little bit more intelligent, and the others only grunted. But Cerdorex wanted children who were as brilliant as himself. Children with whom he could converse about scientific things. He tried to speak to men, but they still were not advanced enough for that. Tired of everything, he abandoned the project and took off in his spaceship. With time, human beings developed their intelligence.

–Scuse me for finding this hard to b'lieve, perfessor. How can you prove to me this is c'rrect?

–Observe that we resemble one another anatomically. Scientists use pigskin on burn victims. And look at how many products are derived from the animal.

–So then, why do we feed pigs till they burst everyday? Why do we cut them up everyday by the thousands?

–I don't know the whys and wherefores of such hogwash. The only thing I do know is we are brothers from the same cell and the same machine. Perhaps we need a Messiah. Yes, that's exactly what we need, a Messiah. Someone able to redeem all the pigs in the world and make contact with Cerdorex, the alien.

–I salute the intelligence of my friend the perfessor. A toast to my dear friend.

The news of a redeemer shook Anselmo's disordered psyche. He now understood his depression. He considered that he was always depressed because his trade obliged him to murder his own kind, brothers who were created in the same "machine." He never felt the least remorse for abandoning his family; but he did have the total conviction of saving the interests of the porcine world, by becoming the famous redeemer. Only he could redeem all the pigs and get in contact with Cerdorex.

carnicero, cachicero y desollador. Pronto, ustedes encontrarán su venganza en este mundo cruel y hostil abarrotado por los asesinos carnívoros que suelen llamarse hombres. Aguántense mis cerdos. Seyan machos. Aguántense un poco más.

Preso por un dolor intenso, Alselmo se echó a llorar como un niño. Los últimos meses había acrecentado su locura debido a las palabras de Ciriaco López, el maestro jubilado, famoso por su eterna adicción a la cantina y mejor conocido en el pueblo como el "Maishtro". Le encantaba convidar a los borrachos cuneteros más arrastrados para compartirles sus escritos. Solo los borrachos lo respetaban. Solo ellos podían admirar y validar sus quiméricas teorías sobre el origen del ser humano en el universo.

–Yo, Ciriaco López, sostengo que Charles Darwin estaba equivocado. El ser humano no proviene del simio, ni de ningún ser parecido al mono, sino más bien del cerdo.

–Maishtro, respetable, Maishtro, explíquenos cómues eso.

–Hace muchos años, antes de que el hombre apareciera, existió un ser extraterrestre llamado Cerdorex quien vino a la Tierra para reproducirse, ya que en su planeta todas las hembras lo despreciaban por ser un genio neurótico. Y no encontrando a una hembra de su especie en la Tierra, decidió experimentar con sus propias células. La máquina reproductora de su nave cometió un grave error produjo dos tipos de seres: a los cerdos que conocemos ahora y a los primeros hombres que al principio se parecían mucho a los cerdos. La diferencia era que unos parecían ser un poco más inteligentes y los otros solo gruñían. Pero Cerdorex quería hijos tan genios como él. Hijos con los cuales pudiera conversar sobre cosas de ciencia. Intentó hablar con sus creaciones, pero estos todavía no se habían desarrollado para esto. Harto de todo, abandonó el proyecto y se fue en su nave. Con el tiempo los seres humanos desarrollaron su inteligencia.

–Permítame que me resista a creerle, Maishtro, y cómo me comprueba que eso es cierto.

–Observen que anatómicamente nos parecemos. Los científicos colocan piel de cerdo en las quemaduras. Y miren cuántos

Imagine how much liquor he could acquire through his new position: Don Anselmo Cruz, Messiah of the Porcine Race! He was determined. The Perfesser told him that Cerdorex made contact with Earth every thousand years; and that after Christmas, he could speak with him alone if he could climb the highest mountain he could find. That way, this Christmas would be his last. He couldn't go out and conquer the universe without first saying goodbye to his family.

–Oh, how my ribs are aching because of that piece of shit, that bastard the Briner. What happened people? I've come to celebrate Christmas with ya. And what? Ain't nobody gonna come pick me up off the ground?

As the father of twelve children, he thought he had the right to special attention; and he was determined to stay on the ground, cussing until they thought themselves worthy of helping him. But the family completely ignored him. Only Canelo, the mutt, seemed disturbed by his presence. He howled with rage and fear from the corner where he always scratched his fleas. Meanwhile, Anselmo's wife and children were engrossed in the preparation of tortillas and tamales.

–Move it kids, Chabela ordered 120 tortillas. You, Candi, hurry up with the grinder. I can't believe we're so far behind.

–Ma, Ma, are you gonna buy us some firecrackers?

--Do you see me with any money? Go ask that drunk daddy of yours, he must be passed out in some corner.

–No. Don't forget, Ma. He said he was working with don Lencho's pigs.

–That's a lie. I went over early this morning to find him at The Happy Porker, and there I ran into don Lecho. They ain't seen him, they told me. Ain't been to work for months, they told me. Anyway, the year's all up, he said, and since it's Christmas and all, I'm gonna give you something, here, take this piece of pig, he told me. Maybe it's a bit salty for your taste, he told me. I think it's a piece of ham, tenderloin or whatever, he told me. We cure it in brine, he told me; but I want you to enjoy it with your family, he told me. And just like you don't look a gift horse in the mouth, this is what we're gonna fill up on tonight.

productos se sacan del animal, y....

–Y entonces, ¿por qué nos hartamos cerdos todos los días? ¿Por qué descuartizamos a diario miles de ellos en el mundo?

–Yo no sé por qué puercas. Lo único que sé es que somos hermanos de la misma célula y de la misma máquina. A lo mejor necesitamos un redentor. Sí, eso es. Necesitamos un redentor. Uno capaz de reinvindicar a todos los cerdos del mundo y establecer contacto con Cerdorex, el extraterrestre.

–Brindo por la inteligencia de mi amigo el maishtro. Salud, mi estimado.

La noticia de un redentor alentó las descabelladas ideas de Anselmo. Ahora comprendía su depresión. El consideraba que siempre estuvo deprimido porque su oficio lo obligaba a matar a sus mismos congéneres, a los hermanos que fueron creados en la misma "máquina." Y desde entonces, se obsesionó con estas ideas. Nunca sintió ni el menor remordimiento por abandonar a su familia; pero sí tuvo la plena convicción de salvar los intereses del mundo porcino convirtiéndose en el célebre redentor. Solo él podría reinvindicar a todos los cerdos y entrar en contacto con Cerdorex. ¡Ay, y cuánto licor podría conseguir desde su nueva posición. Don Anselmo Cruz, redentor de la vida porcina! El estaba decidido. El Maishtro le dijo que Cerdorex hacía contactos con la Tierra una vez cada 1000 años; y que después de la navidad, él podría conversar con él, sólo si subía la montaña más alta que pudiera encontrar. De modo que esa navidad sería la última. No podía irse a conquistar el universo, sin antes despedirse de su familia.

–Ay, cómo me duelen las costillas por culpa de ese cerote, el desgraciado Salmuerita! ¿Y qué pasa, gente? Yo he venido a celebrar la navidad con ustedes. ¿Y qué? Nadie va a recogerme.

Por ser el padre de 12 hijos se creía con el derecho de exigir atenciones especiales; y estaba decidido a permanecer en el suelo, gritando groserías hasta que se dignaran a socorrerlo. Pero la familia lo ignoraba por completo. Solo Canelo, su perro aguacatero parecía incómodo ante su presencia. Aullaba con rabia y hasta con miedo desde el rincón donde siempre se rascaba las

–Ma, Ma, how you gonna cook it?

–Bake it or roast it on the coals, Ma.

–Yes, son, yes. We gonna eat good tonight.

–Ma, Ma, today's Christmas, let's go find my Pa and...

–Stop shitting around. I done told you not to even mention that lazy sack of shit.

Full of rage, don Anselmo lost his enthusiasm, his dream of redemption and his good intentions to celebrate Christmas. Suddenly, he felt as if he were floating through the air, but it didn't feel strange, because he spent all his energy on screaming:

–Then look at me, you nasty old witch. You should have given thanks I laid eyes on you. Old nappy haired, disgusting, lousy thing , just like the Ciguanaba Witchwoman!

Then, he tried to get up, he grabbed the broom handle to attack her, but his strength failed him and he fell face down. Only Canelo, the mutt, barked at his fall.

Hours later he woke up in the old dining room that his wife and kids rebuilt with difficulty. His head was still spinning. Astonished, he discovered he was weaker than before because he couldn't focus on anything with clarity. He tried to come to, but a strange force prevented him from moving any part of his body. Then, he came to the conclusion that the liquor had been poisoned. He tried to yell for help but as hard as he tried he couldn't say a word. What kind of family is this? Don't they understand mercy at all?

The woman and her children were seated around the table, each one with a cup full of atol shuco, the most nutritious thing a family of limited resources could buy. Everyone was happy. The children looked elegant: well bathed, well combed and well dressed in their Sunday best.

–Ma, hurry up, we're hungry.

–You just hold your horses, boy, cause first we're gonna commence prayer: God bless us and continue to help us. Thank you, Lord, for this piece of stewed pig in alguashte pumpkin seed sauce. I pray for the wellbeing of my children and also for

pulgas. Mientras tanto la esposa de Anselmo y los hijos estaban atareados en la preparación de tamales y tortillas.

–Apúrense cipotes, que la Chabela nos encargó 120 tortillas. Y vos, Cande, apurate con la ida al molino. No puedo creer que nos hayamos retrasado tanto.

–Amá, amá, y nos vas a comprar cuetes.

–Y que ves que tengo pisto, pues. Anda pedile al borracho de tu tata. Allá debe de andar tirado en alguna esquina.

–No. Que no se le olvide, amá. Él dijo que estaba trabajando con los tuncos de don Lencho.

–Mentira. Agora lo jui a buscar temprano al "Cerdo Feliz", y allí me topé con don Lencho. "No lu'e visto", me dijo, "desde hace meses que no viene al trabajo," me dijo, "de todos modos ya se acabó el año", me dijo, "y cum'es navidá, hay llévese este pedazo de tunco", me dijo, "quizá está un poco salado para su gusto", me dijo, "creo que es un pedazo de nalga, de lomo, o no sé loqués", me dijo, "nosotros lo hacemos en salmuera", me dijo, "pero yo quiero que usté lo disfrute con su familia", me dijo. Y como a caballo regalado no se le mira el diente, eso es lo que nos vamos a hartar esta noche.

–¿Amá, amá y cómo lo va a preparar?

–Cocínelo horneadito o a las brasas, amá.

–Sí, mi hijo, sí. Vamos a comer rico esta noche.

–Pero, amá, hoy es navidá, invitemos a mi apá, y....

–Ya dejen de joder. Ya les dije que ni me mencionen a ese huevón.

Lleno de ira, don Anselmo olvidó su entusiasmo, sus sueños de redentor y sus buenas intenciones de celebrar la navidad. De pronto, sintió que flotaba por los aires, pero esto no le pareció extraño porque concentró toda su energía para gritar:

–¡Pues mirame, vieja bruja desgraciada. Las gracias debías de dar que yo me fijé en vos. Vieja greñuda, desgraciada, piojosa, igual que la Ciguanaba!

Luego, quiso incorporarse, tomar el palo de la escoba para atacarla; pero las fuerzas lo abandonaron y cayó de bruces. Solo Canelo, el perro aguacatero ladró su caída.

don Anselmo, bless him Lord, wherever he may be.

Anselmo was moved, that was the first time in many years anyone had spoken about him that way, with so much love for him. But that moment didn't last long. All of a sudden, he remembered the fight at the slaughterhouse, the rage in the butcher's face, his curse words, the uncommon strength in his arms, the blows he received rolling down the hill.

The lady cut the first portion. Don Anselmo writhed in an acute pain that enveloped his being. Later, possessed by a primitive and unrestrained desire, she put courtesy aside, grabbed the piece of meat and mercilessly sunk her teeth into it. At this moment, Don Anselmo again felt a knife slicing through his buttocks, as the lady exclaimed:

–MMM... This is so delicious!...

Horas más tarde, Anselmo despertó en el antiguo comedor que la esposa y los hijos reconstruyeron con dificultad. El mundo entero daba vueltas. Y con asombro descubrió que estaba más débil que antes porque no lograba enfocar ningún objeto. Quiso incorporarse, pero una fuerza extraña le impidió mover su cuerpo. Entonces, llegó a la conclusión de que el licor estaba envenenado. Quiso pedir auxilio y por más que lo intentó no pudo articular ninguna palabra. ¡Qué clase de familia! ¿Acaso no conocían la misericordia?

La señora y los hijos estaban sentados alrededor de la mesa, cada uno con su guacal de atol shuco, la bebida más nutritiva que podía pagar aquella familia de escasos recursos. Todos estaban felices. Los hijos lucían elegantes: bien bañados, bien peinados y bien trajeados con la ropa dominguera.

–Amá, apúrese que tenemos hambre.

–Estate en juicio cipote, que primero vamos a entrar en oración: Que Dios nos acompañe en esta cena. Gracias, Señor, por este pedazo de tunco guisado en salsa de alhuashte. Te pido por el bien de mis hijos y también por don Anselmo, bendecilo Señor, onde quiera que esté.

Anselmo se sintió conmovido. Era la primera vez en muchos años que alguien se expresaba así, con tanta ternura de su persona. Pero ese momento no duró mucho. De pronto recordó su pelea en el rastro, la ira en la mirada del matarife, sus palabras obscenas, la fuerza descomunal de sus brazos, los golpes que recibió al rodar por la colina, y....

La señora comenzó a cortar la primera porción. Don Anselmo sintió un dolor agudo que embestía su ser. Luego, poseída por un primitivo y desenfrenado deseo, la señora decidió hacer a un lado la cortesía, se apoderó de todo el trozo de tunco y le hincó sin piedad los dientes. En ese instante, don Anselmo, sintió que le rebanaban de nuevo las nalgas, mientras la señora exclamaba:

–¡MMM... ¡Qué rico está esto!...

THE FLOOD

On rainy days
the mental patients
imagine lakes and sailboats;
they sail into oblivions and now
they don't return.

Roberto Sosa (Honduran poet)

My science teacher always had strange ideas about the continuous creations of the world. She said the world had been created and renewed four times and that we were approaching the fifth creation. She always believed that history had hidden many things in terms of El Salvador. "San Salvador was a lake. The conquistadores crossed the lake in canoe and soon afterwards the process of filling up began. San Salvador was founded on fill. And so, sooner or later, the city is going to collapse." Short, fat, disheveled and with no more grace to show than bright crimson lipstick, she paced incessantly among the perfectly aligned rows of desks. She herself measured the lines with a yardstick. It was her daily ritual. "And pray that the final ruckus comes at night, you brats, so your families can be together." And this obsessive sentence was an alarm signal: there would be no class today. Class? I don't think she ever gave us a class. But we never dared stand up to her. Ms Angelica Belaurre, widow of Pazzino, ex-beauty queen at the Sugar Parade, at the August Patronal Festivals of San Salvador and of a brewery that went under in the 60s. She tried to become a scientist, but due to her

LA INUNDACIÓN

En los días de lluvia
los enfermos mentales
imaginan lagunas y veleros;
navegan el olvido y ya
No vuelven.

Roberto Sosa (poeta hondureño)

Mi profesora de ciencias siempre tuvo ideas extrañas sobre las continuas creaciones del mundo. Decía que el mundo había sido creado y renovado 4 veces y que nosotros estábamos próximos a la quinta recreación. Siempre creyó que la historia había ocultado muchas cosas en cuanto a El Salvador. "San Salvador era una laguna. Los conquistadores atravesaron la laguna en canoa y, poco después, empezaron el proceso de relleno. San Salvador fue fundada sobre el relleno. Y por eso, tarde o temprano, la ciudad va a colapsar." Bajita, gordita, desgarbada y sin más afeites que un color carmín brillante en los labios, se paseaba incesantemente entre las filas de pupitres perfectamente alineados. Ella misma medía la alineación con un metro. Era su ritual cotidiano. "Y rueguen que el bochinche sea de noche, mamayitas, para que la familia esté unida." Y esta frase obsesiva era una señal de alarma: hoy no habrá clase. ¿Clase? Creo que nunca nos dio una clase. Pero nosotras nunca nos atrevimos a confrontarla. Doña Angélica Belaúrre, viuda de Pazzino, ex reina de belleza de la caña de azúcar, de las fiestas patronales agostinas de San Salvador y de una cervecería que quebró en la década de los 60, quiso convertirse en científica, pero por sus múltiples compromisos sólo pudo graduarse como docente

many commitments, she was only able to graduate as a science teacher. Her friends backed her. The director of the institution considered her a brilliant woman, a national treasure.

The secret to salvation is a motorboat, the hope of the world is in it, and in it is placed the hope of change, brats. The guerrilla is very mistaken, brats, when they hijack buses and dinamite bridges. What they don't know is that the motorboat carries the seed of the new human race. It was a time of armed conflict. The teachers were divided into conservatives and those who formed the ANDES June 21st Revolutionary Teacher's Union. We were afraid. In this part of her daily discourse we hunkered down, some pretending to take notes, other reading the botany book. Don Chepito, our previous biology teacher, disappeared from school. The death squads came to take him, and even though he was disguised as a nun, we never heard anymore about him.

"*The world has been destroyed by various floods, brats, and since San Salvador is on a lake, tell your moms and dads to buy a motorboat. I already have one. I plan to put my children and my two pure bred dogs, Fleabag and Cinnamon, in there. The parrot, on the other hand, I'm not worried about. The parrot can save itself. I ask you to tell your parents about the motorboat. And don't you worry because they have them for all tastes and sizes. They have them for big families, for tall people, fat people, and even with railings for the handicapped. But the most important thing is that you can buy them on credit.*"

Having had enough of such lunacy, Estelita Cienfuegos, or "Muffy," as we called her because of her fat fleshy cheeks, dared to stand up to her. Meanwhile, the rest of us looked away in fear. Poor Estela!.

--Teacher, with all due respect, everyday we hear your stories about the flood and your motorboat. Please show that this has some scientific basis.

The price we had to pay was horrendous. For the next few days, she had us doing equations on the stability of the lake, a strange elevated theme we could never understand. For us, our only salvation was the cafeteria lady. She was so attentive

de ciencias. Sus amistades la apoyaban. La directora de la institución la consideraba una mujer brillante, un valor nacional.

"El secreto de la salvación es la lancha, la esperanza del mundo está puesto en la lancha y en ella está puesta la esperanza del cambio, mamayitas. Los guerrilleros están muy equivocados, mamayitas, cuando le andan apuntando a los buses o dinamitando puentes, lo que no saben es que en la lancha está la semilla de la nueva humanidad."

Eran los finales de la década de los 80. Durante la época del conflicto armado, los docentes se había dividido en dos bandos: primero los conservadores; y el resto, un buen número con visión revolucionaria, se incorporó a "Andes 21 de junio". Pero nunca supimos realmente, en qué bando estaba Angélica, su discurso se pintaba con un tinte medio izquierdista, medio derechista, medio darwinista, medio fascista, medio racista, medio nazi, y medio maníaco. Nosotras, y sobre toda las negras como yo, sentíamos miedo. Tanto, que en cuanto entonaba su cotidiano discurso nos agachábamos, nos escondíamos tras el libro; las otras estudiantes de piel blanca fingían tomar notas, le sonreían con amabilidad. "Tengan cuidado, mamayitas, acuérdense que Don Chepito, mi antecesor, el maestro anterior de biología desapareció del colegio. Los escuadrones de la muerte llegaron a sacarlo, y aunque salió disfrazado de monja nunca más supimos de él."

"*El mundo ha sido destruido por varias inundaciones, mamayitas, y como San Salvador está sobre una laguna, díganles a sus papás que compren una lancha. Yo ya tengo una. Allí pienso meter a mis hijos y a mis dos perras de raza. Y son de pura sangre, mamayitas. No como otros que presumen de tener sangre pura. Yo tengo dos perras: Pulgosa y Canela. También tengo, un loro. Pero por él no me preocupo. El loro se salva por sí mismo. Es más, yo he soñado que luego del diluvio, mi loro anunciará el secamiento de la tierra, cuando las aguas vuelvan a su cauce. Y no me miren con esa cara, mamayitas. Yo las invito a que les digan a sus padres lo de la lancha. Y no se preocupen que hay para todos los tamaños y para todos los gustos. Hay para familias numerosas, para personas altas, gordas, y hasta las hacen con barandas para los lisiados. Pero lo más importante es que pueden pagarse por cuotas.*"

and ready, she offered her atol and other drinks from the class-rooms. Angelica's favorite was atol shuco. We discovered that atol shuco had magic powers over her because besides shutting her up, it had the power to calm her nerves. Nice and quiet, she sat down in the corner to taste the beverage. At time she dunked crumbs of French bread into the atol shuco. Due to her toothless mouth, she couldn't eat hard bread.

To our misfortune, that year we were scourged by strong hurricanes. The classrooms and halls were flooded. The cafeteria lady pitched in with materials, we all got used to walking over egg cartons, soda cartons or boards that served as bridges. There were days when almost no one came, but Angelica Belaúrre was persistent, she never missed class. *"The school is safe,"* she said. *"We will carry out a new Odyssey. We will swim if necessary and that's why these days you will see me barefoot."* During those days, she wrote her brilliant conclusions on the chalkboard:

     a. The rainy season, in spite of hurricanes, represents no danger.

     b. All the streets of San Salvador have always been flooded. I've observed that the water in the sewers never goes down, even in the dry season.

     c. The swells we're suffering from are not due to the hurricane. All this proves that San Salvador was built on a lake. Get ready for the final flood.

At the edge of the chalkboard she wrote out her scientific conclusions:

Kr = reagent constant (days -1)

V = volume of the lake of San Salvador (m3)

Q = flow (m3/days) (Measured with a bamboo stick over 5 years of observation)

R = retention period (days)

T = water temperature in the sewers (*C)

L, W, D = dimensions of the lake (m)

Carry out the equations, brats, like I taught you. These will let you determine the existence of the lake beneath the capi-

Harta de tanta manía, Estelita Cienfuegos, la mofletuda, llamada así por sus mejillas gruesas y carnosas, se atrevió a confrontarla. Mientras, nosotras nos deshacíamos de temor ¡Pobre Estelita!

–Maestra, con todo respeto, nosotras escuchamos todos los días sus historias sobre la inundación y la lancha. Pero demuéstrenos que eso tiene una base científica.

El precio que tuvimos que pagar fue terrible. Los días posteriores nos tuvo resolviendo ecuaciones sobre la estabilización de las lagunas, un tema extraño y elevado, que nunca pudimos comprender. La única salvación para nosotras fue la señora de la cafetería, quien tan atenta y servicial, ofrecía atol shuco a los maestros en todas las aulas. El atol shuco era su especialidad.

Llenas de asombro, nosotras descubrimos durante ese año, que el atol shuco tenía un poder mágico, tranquilizador sobre la loca Angélica, ya que además de acallarla, podía adormecerla casi por completo, hasta que tocaba el timbre del recreo. Durante la degustación, guardábamos un profundo silencio para que disfrutara la bebida en un rinconcito del aula. En ocasiones, deshacía pedacitos de pan francés en el shuco. Su boca desdentada no le permitía comer pan duro.

Para nuestro infortunio durante ese año, azotaron fuertes huracanes. Las aulas y los corredores se inundaron. La señora de la cafetería colaboró con materiales, todos nos acostumbramos a caminar sobre cartones de huevo, cajas de gaseosa o de madera que sirvieron como puentes. Había días en que casi nadie llegaba, pero Angélica Belaúrre era persistente, y nunca faltó a clase. *"El colegio está a salvo –decía– juntas protagonizaremos una nueva odisea, nadaremos si es preciso; y por eso, es que durante estos días me verán descalza"*. Durante esos días, copió en la pizarra sus brillantes conclusiones:

    a. La temporada de lluvias, a pesar de los huracanes, no representa una alarma.

    b. Todas las calles de San Salvador han estado inundadas desde siempre. He observado que el agua en las alcantarillas no se consume, aunque sea verano.

    c. Las crecientes que padecemos no son por el huracán. Todo esto demuestra que San Salvador se construyó sobre una laguna. Prepárense para la inundación final.

tal's soil. You will obtain the stabilization by means of the reagent "Kr", the temperature and the flow of the big momma that awaits us by (Q) and to determine the time, clear up the previous even more: (Ce: DB05, N(CF)/100 ml). For more information, consult my physics book, kindly financed by the director. And, in conclusion, don't forget to pray that this mother ruckus come at night, so your families will be together."

And having said this, she rolled up her long bellbottom pants and stepped down from the platform, a pile of bricks the cafeteria lady had kindly improvised. And she left, splashing from puddle to puddle, talking to herself of new equations that would soon come to her head.

For many years, I knew nothing more of Angelica. One fine day, however, I found myself with an old lady who was asleep on the front seat of the bus. Her dirty, uncombed hair hid part of her face. In her hands she had a book titled: The Story of Noah. No one went near her because of the bad odor her body produced. They said she had been sleeping on the bus for a long time, but no one dared wake her. "She's sleeping deeply," one man said. "Perhaps she's dreaming of Noah." The woman looked like a science teacher. I don't know if it was her. But wherever she is, wherever she finds herself, she must surely be dreaming of floods and motorboats and entire families afloat on cases of soft drink, plastic chairs or wooden boards.

En un extremo de la pizarra anotó sus conclusiones científicas:

Kr = constante de reacción (días -1)

V = volumen de la laguna de San Salvador (m3)

Q = caudal (m3/día) (Medido con una vara de bambú durante 5 años de observación)

R = período de retención (días)

T = temperatura del agua de las alcantarillas (*C)

L,W,Z = dimensiones de la laguna (m)

"Resuelvan las ecuaciones, mamayitas, así como yo les he enseñado. Estas les permitirán determinar la existencia de la laguna bajo el suelo capitalino. La estabilización la obtendrán mediante la reacción "Kr" la temperatura y el caudal del "mameyaso" que nos espera por (Q) y para determinar el tiempo despejen las anteriores, más: (Ce: DB05, N(CF)/100 ml). Para mayor información consulten mi libro de física que gentilmente fue financiado por la directora. Y para finalizar no se olviden de orar, no se olviden de pedir, que el bochinche sea de noche, para que la familia esté unida. "

Y diciendo esto, se enrolló su largo pantalón acampanado y bajó del atril; este era una pila de ladrillos que amablemente había improvisado la señora de la cafetería. Y se fue chapaleando entre charca y charca, hablando consigo misma sobre nuevas ecuaciones que de pronto se le venían a la cabeza.

Durante muchos años no supe más de Angélica. Cierto, día me encontré con una anciana que dormía en el primer asiento de un transporte colectivo. Los cabellos sucios y alborotados ocultaban partes de su rostro. En sus manos tenía un libro titulado: La historia de Noé. La gente no se le acercaba por el mal olor que producía su cuerpo. Murmuraban que había estado dormida en el bus desde hacía ratos, pero nadie se atrevió a despertarla. "Qué bien. Ella duerme profundamente," dijo un señor. Quizá está soñando con Noé.

La mujer se parecía a la maestra de ciencias. No sé si era ella. Pero donde quiera que se encuentre, seguramente, estará soñando con inundaciones y lanchas, o con familias agobiadas que flotan a la deriva sobre desvencijadas cajas de soda, asientos de plástico o trozos de madera.

FOOKAROONI

For Margarita Navas,
who swears that everything in this story is God's honest truth.

My brothers and sisters and I loved animals when we were kids. We had various pets: a dog, a cat, a pig, various birds and fish of all shapes and sizes... They were all imaginary. I say imaginary because my dad was very sensitive and didn't let us have animals. But one certain day we defied authority: a truck from the legendary and illustrious Cid Campeador Farms passed by full of little itty bitty chickens, all scrunched up, itsy bitsy, that how the teeny weeny critters were, you see. And without saying anything at all, all excited, we got out our piggy bank, smashed it and bought ourselves a precious little chick. That animal became the focus of our adoration. The first day we hid it in our little brother's room. The second, my mom became our partner in crime, with the condition that every night we put it in a box and leave it enclosed in the old shed in back of the patio, so my dad wouldn't find out. And since he always came home late from work... There wasn't a problem.

The chicken grew and grew thanks to pumpkin seeds, alguashte paste and bowls full of atol shuco which he got every afternoon, because it was his favorite food. Instead of grains of rice or worms from the garden, our chicken preferred atol shuco. So my little brother went to Miss Tomasa's place every afternoon to pick some up. And in less than 3 weeks, if was as if a lie turned into a humongous chicken, with a huge crop, tremendous wings and big old feet. Imagine that. But you're not going to believe what I'm going to tell you. Besides everything else I mentioned, from time to time the animal showed

CABRONILO

Para Margarita Navas ,
quien me aseguró que esta historia es verídica.

Mis hermanos y yo adorábamos a los animales cuando éramos pequeños. Tuvimos varias mascotas: un perro, un gato, un cerdo, diversos pájaros y peces de todas las formas y tamaños... Eran imaginarias. Y digo imaginarias porque mi papá era muy delicado y no nos permitía tener animales. Pero un día de tantos desafiamos la autoridad, pasó por ahí un camión de las granjas *El Cid Campeador* que estaba repleto de "pollististitos", "apachurraditos", "chiquititistitos", así eran las "mumujitas", ve. Y sin decir nada, llenos de emoción tomamos la alcancía, la quebramos y nos compramos un pollito precioso.

El mentado animal se convirtió en nuestra adoración. El primer día lo escondimos en el cuarto de mi hermano menor. El segundo, mi mamá aceptó ser nuestra cómplice con la condición de que por la noche lo pusiéramos en una caja y lo encerráramos en la vieja bodega al final del patio, para que mi papá no se diera cuenta; y como siempre llegaba tarde del trabajo... No hubo problema.

El pollo creció gracias a las semillas de ayote, a la pasta de alhuashte y a las guacaladas de *atol shuco* que se tomaba todas las tardes, porque esa era su comida favorita. En lugar de granos de arroz o gusanos del jardín, nuestro pollo prefería tomar *atol shuco*. Así que mi hermanito iba todas las tardes a donde la niña Tomasa para encargarle el mencionado atol. Y en menos de 3 semanas, como si fuera mentira, se convirtió en tamaño pollote, con tamaño buche, tremendas alas y grandes patas. Pero no me a va creer lo que le digo: además de cuanto le he men-

surprising signs of intelligence. Sometimes I think this was a special effect of the atol... of the *atol shuco*. A side effect. And even though you've haven't asked, that chicken was real smart, see. Imagine, sometimes he figured out how to get out of his box. We put him in boxes and containers and when we least expected, the chicken had already taken off. So we bought a chain and a lock to strengthen the door of the old shed. But one night my little brother forgot to lock the door, and to our surprise, the damn thing came over to us and up and jumped up on the dining room table. My father was pissed, to say the least, furious. He grabbed us by the ear and subjected us to a lengthy interrogation: *"So, the noises I heard every night came from right here, from my own house. And all the while you were looking at me, right? And you, Marcela, gosh darn it, you're spoiling those kids. How did it occur to you to let this filthy bird into my house? Well, then, this is the last time I'm going to let you keep that chicken, but watch out: This is the last time you overturn my decision. I make the decisions in this house. Understood?"*

My brothers and sisters and I kept our smiles to ourselves. It was a moment of triumph that joined our hearts together: a pet, at last a pet! The conditions he set had us keeping the house clean every minute of the day. And that blessed chicken kept on growing and fattening up till it got to the size of a big shaggy dog. And to my little brother it was like a spoiled dog. The chicken never let us out of sight, it followed us all over the house, watched TV with us, went with us where they sold *atol shuco*, took a nap in our beds and when we went out with the family, he went with us like a well trained dog. My little brother put a shoestring around his neck and so he went with us everywhere: To mass, to the park, to piñata parties, to our grandparents' house. And the amazing thing was that the chicken adapted to the situation. He went with us in the bus and walked down the sidewalk like a pup following his master. But then came exam time. All of us entered a frenzy and we forgot about our agreement: To keep the house clean. Around that time, my mom took a part time job, studied afternoon at college and couldn't clean the rooms all the time.

cionado, el animal mostraba de vez en cuando sorprendentes signos de inteligencia. A veces pienso que ese era un efecto especial del atol... del *atol shuco*. Un efecto secundario. Y usté no me lo está preguntando, pero ese pollo era bien listo. Fíjese que a veces se las ingeniaba para salirse de la caja, lo encerrábamos en cajas y guacales de todos los tamaños; y cuando menos lo esperábamos, el pollo ya se había salido. Así que compramos una cadena y un candado para reforzar la puerta de la vieja bodega. Pero una noche, a mi hermanito se le olvidó echar llave, y cuando menos sentimos, el abusivo estaba entre nosotros y de un solo brinco se subió a la mesa del comedor. Mi papá estaba bien encabronado, fúrico. Nos llevó de la oreja a todos para la sala y nos sometió a un gran interrogatorio: *"Así que los ruidos que se escuchaban todas las noches venían de aquí mismo, de mi propia casa. Y mientras tanto, todos ustedes me veían la cara, ¿no?" Y vos, Marcela, por la gran flauta, sos una alcahueta con tus hijos. ¿Cómo se te ocurre dejar entrar a este pollo chuco? Pero bien que sea esta la última vez. Les voy a permitir quedarse con el pollo, pero ojo con esto: ¡Es la última vez que ustedes alteran una decisión! Las decisiones en esta casa las tomo yo. ¿Entendido?"*

Mis hermanos y yo sonreímos en silencio. Era un momento de triunfo que unió nuestros corazones: una mascota, ¡Por fin una mascota! La condición que se nos impuso fue mantener aseada la casa en todo momento. Y el bendito pollo continuó creciendo y engordando hasta alcanzar el tamaño de un perro habanero. Y de hecho, eso significaba para mi hermanito, un perrito mimado. El pollo no se nos despegaba, nos seguía por toda la casa, miraba televisión con nosotros, nos acompañaba al puesto donde vendían el *atol shuco*, dormía la siesta en cualquiera de nuestras camas y cuando salíamos con la familia, se nos unía en calidad de can bien portado. Mi hermanito le colocaba en el buche un cordel de zapato y allá iba con nosotros: a la misa, al parque, a la piñata, a la casa de los abuelos. Y lo más sorprendente de todo es que el pollo se adaptaba a esa situación. Andaba con nosotros en el bus y caminaba por la acera como cualquier chucho que sigue a su amo.

Pero pronto vino la época de los exámenes. Todos nosotros

--You're the oldest, Margarita," my mom said. "Clean up a little to help out."

And there I was, la Margarita, trying to obey my mom, but the weight of high school was just too much and soon everything turned the color of ants --real ugly, that is. My dad began to find chicken shit all over the place, and the worst was when he discovered him asleep on his favorite pillow. *"I'm going to get rid of that nasty chicken. I can't take it anymore. That's enough. E-nuf!"*

Thanks to our pleading he let us take it to grandfather's house. He had a backyard full of trees and animals. We thought there wouldn't be any problem with sending him there, but the surprising thing was that my grandfather and the chicken never got along. Used to being treated like a member of the family, the chicken always went into the house. My grandfather threw him out all the time, and you're not going to believe me: That chicken did his thing on the poor old man's slipper who shouted with all his fury: *"fucking chicken, shitty disgusting creature..."* The mischievous thing seemed to understand him, imagine that, and he stood in front of the old man and stuck out his tongue.

Three weeks hadn't gone by when the chicken was back again: *"Here, take this fucker. Bake him, roast him, fry him, but please, don't ever take him to my house ever again."* My little brother was overwhelmed when he found out what our grandfather said about our pet: *"Gee whiz, he really said that. He called him 'fucker'? Then at least, he could call him Fookarooni."* And from then on, we called him Fookarooni.

My parents thought it was so funny they let us have a party to celebrate Fookarooni's return. My little brother swelled up with happiness. This time, we took extra loving care to keep my dad happy, but then came final exams, pressure from school and family mounted. We stopped taking care of him. One afternoon, Fookarooni did his thing on some of my dad's important papers, and that was the end of everything.

The next day, when my brothers and sisters and I got home we couldn't find Fookarooni. In desperation, we looked in the

entramos en otra dinámica y nos olvidamos de nuestro compromiso: mantener aseada la casa. Para ese entonces, mi mamá aceptó un trabajo a medio tiempo, estudiaba por las tardes en la universidad y no podía limpiar los cuartos a cada rato. La cosa se nos puso color de hormiga. Mi papá empezó a encontrar cagadas de ese animal en todas partes, y el colmo fue cuando lo descubrió dormido en su almohadón favorito. *"Me voy a deshacer de este pollo cochino. Ya no lo soporto. Ya es suficiente. Suficiente"*

Ante los ruegos de nosotros, accedió a llevarlo a casa del abuelo. El tenía un solar con bastantes árboles y animales. Pensamos que no habría problema con mandarlo ahí, pero lo sorprendente fue que mi abuelo y el pollo nunca congeniaron. Acostumbrado a un trato familiar, el pollo siempre se metía a la casa. Mi abuelo lo sacaba a cada rato, y no me lo va a creer: el pollo en venganza hacía sus gracias en la pantuflas del pobre viejo, quien enfurecido le gritaba: *"¡pollo cabrón, cagón, sin verguenza...!"* El bandido parecía entenderle usté, y se ponía delante del viejo para sacarle la lengua.

No pasaron ni tres semanas cuando el pollo estaba de vuelta: *"Aquí les traigo a este cabrón. Háganlo horneado, háganlo asado, hágalo frito, pero por favor, ya no me lo lleven nunca."* Mi hermanito se sintió afectado cuando supo la forma dura en que el abuelo se expresó de su mascota: *"Púchica, y cómo le dijo. Lo llamó cabrón. Si por lo menos le hubiera dicho cabronilo"* Y desde entonces, se llamó así: Cabronilo.

A mis papás les dio tanta gracia que consintieron en hacer una fiesta para celebrar el regreso de Cabronilo. Mi hermanito rebosaba de felicidad. Esta vez, nos esmeraríamos por complacer en todo a mi papá; pero pronto vinieron los exámenes finales, la presión de la escuela y de la familia aumentó. Así que nos descuidamos. Una tarde, Cabronilo hizo sus gracias en unos documentos importantes de mi papá, y allí fue el acabose.

Al siguiente día, cuando mis hermanos y yo regresamos de la escuela no encontramos a Cabronilo. Con desesperación, lo buscamos en la bodega, en los patios, bajo las camas, en todas partes y nadie nos daba ninguna explicación. Casualmente,

shed, all over the patio, under the beds, everywhere and no one offered any explanation whatsoever. Coincidentally our father came home early. He called us to the dining room and on the table we saw a humongous chicken bathed in a dark sauce. We felt like running from the room, but my dad took off his belt and said: "The first one that moves, gets it." We couldn't do anything and as we ate, we exclaimed full of tears: "Fookarooni, Fookarooni, my dear friend."

The emotional blow we suffered was overwhelming. In my case, I never ate chicken for several years. The family doctor gave me a medical excuse explaining I had an allergy to fowl, although he knew the truth perfectly well. With time, I've realized that beautiful fat old humongous chicken, cooked in a dark, thick alguashte sauce, with pumpkin seeds and spices, was MMMM . . . delicious.

–My dear friend Fookarooni, you were really delicious, scrumptious, that afternoon!

nuestro padre llegó temprano. Nos llamó al comedor y sobre la mesa observamos un pollón bien gordo bañado en una salsa oscura. Estábamos dispuestos a salir corriendo, pero mi papá se quitó el cincho y nos dijo: *"al primero que se mueva, me lo sueno"* No podíamos hacer nada y entre lágrimas comimos exclamando: *"Cabronilo, Cabronilo, mi buen amigo."*

El golpe emocional que sufrimos fue impactante. Yo, por mi parte, no volví a probar pollos durante varios años. El médico de la familia me extendió una incapacidad para justificar una alergia repentina a la carne de aves, aunque él sabía perfectamente la verdad de la historia. Con el tiempo, he podido reconocer que aquel pollón hermoso, gordote, cocinado en una oscura y espesa salsa de alhuaste, con semillas de pepitoria y especias, estaba MMMM... Sabroso.

–¡Amigo Cabronilo, estabas realmente rico, aquella tarde!

THE SEED

To Manuelita Gutiérrez,
and to all the boys and girls
who suffer economic and sexual
exploitation in the streets
and markets of El Salvador,
and elsewhere in the world
where they suffer as invisible beings,
victims of collective indifference of a system,
that does not even recognize them:
  As victims.

She placed the pumpkin seed on the window sill, without losing sight of it. She had no choice. The brutality of her tormentors pressured her. She did not understand but somehow knew that the pumpkin seed was her only contact with the outside world and that's why she nailed her shadowy gaze upon it, while her bruised fingers, damp and cold as death, slid along the slimy keys of an adding machine. The seed was gray, dried out, small, but priceless... and she would be capable of screaming, attacking and killing to keep from losing it...

–Open up! Open up! We're going to break the door down!

The spice vendors were nervous. It was hard to follow the demands of the spice vendor woman because her bruised fingers, damp and cold as death, moved with difficulty. But her eyes concentrated on the mysterious and brackish smell of the seed. It had a vegetable smell. A smell that took her back to an imprecise past, to blazing afternoons when her little hands sunk into pumpkin seed sauce, a thick staple made with ground

LA SEMILLA

A Manuelita Gutiérrez,
y a todos los niños y niñas
que sufren explotación económica
y sexual en las calles, en los mercados
de El Salvador,
y en otros lugares del mundo
donde sufren como seres invisibles,
víctimas de la indiferencia colectiva
de un sistema
que ni siquiera los reconoce:
como víctimas.

Colocó la semilla de ayote sobre el mostrador de la tienda sin perderla de vista. Ella no lo entendía, pero de alguna manera sabía que la semilla de ayote era su único enlace con el mundo exterior, y por eso, clavó en ella su mirada sombría, mientras sus dedos amoratados, húmedos y fríos como la muerte se deslizaban sobre las mohosas teclas de la máquina registradora. La semilla era gris, quebrada, reseca, pero invaluable... Y sería capaz de gritar, agredir y matar con tal de conservarla...

–¡Abran! ¡Abran! ¡Vamos a romper la puerta!

Los dueños de la tienda de especias estaban preocupados. Era difícil para la niña, seguir el dictado de la señora especiera porque sus dedos amoratados, húmedos, y fríos como la muerte, se movían con dificultad. Sus sentidos se concentraban en el olor misterioso y salobre de la semilla. Era un olor vegetal, un olor que la transportaba a un pasado impreciso, a las tardes calurosas cuando sus pequeñas manos se hundían en el caldo de *alhuashte*, un espeso alimento elaborado con semillas molidas de ayote. Ella no lo sabía, pero de alguna manera

pumpkin seeds. She loved to get wet with the sauce, knead its thick consistency, make little balls to smear on her arms, her face, her neck, even run around dipped in this delicious paste that represented her daily bread. *"The flies are going to eat you, little girl,"* her mother fragrant of vinegar lovingly warned her. *"You're going to scare off my customers,"* she kept on telling her until she wiped herself clean with damp paper. Sometimes, that memory assaulted her, but her memory no longer displayed the face of that woman, that is, the one at that time... She just remembered that the sun's rays kept her from gazing upon that face, and that at night fall, when the vendors packed up their products, and the plaza was emptying out, hands, warm and tender as a lullaby, comforted her again and took her down a narrow alley. The alley was dark, smelling of fresh, baked bread, of fried fish, and most of the time, atol shuco with alhuashte –pumpkin seed powder.

Sometimes she smiled when this memory offered itself up. She didn't understand, but somehow knew that the seed could restore that far away place, the only one where she felt happy, in spite of his misery. Many times she tried to reconstruct the image of her mother that was slowly wilting, emptying out, becoming hollow, until it succumbed to a sea of solitude and pestilence, without a beloved one to pronounce a Pater Noster for her. Only cold, monotonous voices of a group of unknown people accompanied her desire. *"But if'n it weren't for her sickness and all, but if'n it weren't for our poverty and all, things'd be differnt."* She thought while her bruised fingers, damp and cold as death, handled the cash register. And that's why, it was necessary to invoke the magic hidden within the seed. It was necessary to return to the origin, to before the unfolding, to the first-born embryo present in the square and in some twisted alleys full of shadows, where the air, the primitive color, the seed of hope that that fed her soul. The little girl was sure of that.

She repeated it a thousand and one times, while she added sums, series of numbers, senseless ciphers without stopping to look at the keyboard, she knew it by heart. She memorized it like so many useless, worthless and repetitive things she learned in her short life. She didn't understand but somehow knew that

entendía que esos recuerdos la enlazaban con las lejanas tardes de la infancia, cuando ella solía remojarse en el caldo de shuco, para amasar su consistencia espesa, para formar bolitas con pedacitos de pan francés remojados en el atol, para embadurnarse los brazos, el rostro, el cuello, hasta quedar ungida en esa pasta deliciosa que representaba el pan de cada día.

–*"Te van a comer las moscas, hijita"*–, le reprochaba con ternura una mujer olorosa a vinagre, a canela e incienso–.*"Me vas a espantar la clientela"*, –continuaba diciéndole mientras le limpiaba el cuerpo con un papel húmedo.

Con frecuencia, esos recuerdos la asaltaban, pero su memoria ya no registraba la imagen de esa mujer todavía joven, es decir, la que fue en ese entonces . Solo recordaba que los rayos de sol le impedían contemplar su rostro, y que al caer la tarde, cuando las vendedoras empacaban sus productos, y la plaza iba quedándose sola, unas manos tiernas y cálidas la arrullaban de nuevo y la transportaban por un callejón estrecho.

El callejón era oscuro, oloroso a pan recién horneado, a pescado frito, y a atol shuco aderezado con alhuashte. *"Mama, yo quielo tomal shuco" "Agora no tengo pisto, mamita, pero en la casa hay más semillas para el alhuashte"*.

Algunas veces sonreía cuando se entregaba a este recuerdo. Ella no lo entendía, pero de alguna forma sabía que la semilla de ayote podría retornarla a ese lugar lejano, el único en donde a pesar de la miseria de verdad fue feliz. Muchas veces intentó reconstruir la imagen de una madre quien, poco a poco, fue marchitándose, vaciándose, ahuecándose, hasta sucumbir en un mar de soledad y pestilencia; sin un ser querido que pudiera pronunciar por ella un Padre Nuestro.

El día del funeral estuvo sola, pero de pronto creyó escuchar un coro monótono y solemne de voces, un conjunto innenteligible de sombras que se congregaban alrededor del féretro. *"Pero si no ́biera sido por su enfermedá, pero si no ́biera sido por la miseria, las cosas jueran distintas"* Recordaba mientras sus dedos amoratados, húmedos y fríos como la muerte, manipulaban la máquina registradora. Y por eso, era necesario invocar la magia oculta en la semilla. Era necesario retornar al origen, a la envoltura, al embrión primigenio presente en la semilla, en la plaza y en aquellos callejones confusos y llenos de tinieblas, en donde el aire transportaba el olor primitivo, el

it was possible there was an escape, a different reality, in the ancestral magic of the seed resided her salvation.

–Open up! Open up! We're going to break the door down!

The spice vendor was nervous. He thought that at any moment that mob of fanatics and agitators would break open the doors of the store, they would drag him to the Town Square and lynch him and, in passing, loot the treasure he had accumulated by taking advantage of his illusions, deceptions and other dirty tricks. He couldn't let it happen... His salvation was in the girl. And if he managed to calm her down, the problem would take care of itself without violence. Convinced of this, he made an effort to find a sweeter, more persuasive and, at the same time, solemn tone which he had never spoken, and he pronounced to the ear some sentences he had memorized from a magic book that served as the conjuring up of the seed: *"You forget what we read that there day. The seed is resistant, but at the same time opaque. It is an insatiable devourer of light, but also of time. That terrible season that touches us all. You don't know how long the seed can outlast us. And you don't know how much time you can last."*

–Open up! Open up! We're going to break the door down!

The girl knew that perhaps she couldn't hold out much time, and maybe the pumpkin seed as well. It was difficult for her to project herself in conventional time and space, because she always perceived herself as an intangible, unreal thing, a phantom condemned to suffer a nightmare. The spice vendor looked at her impatiently. He expected from her a word, a smile, a rebuke, a tear. As a master of eloquence, he would applaud any type of insult to have the chance of disarming her, like so many other things he had done, but speaking with a corpse was extremely difficult. The answer would be unpredictable. The words, however, had an energizing effect. *"Dictate faster to her, dictate faster to that lunatic. At least this will get us somewhere."* The assessment was correct. Her fingers moved unconsciously, instinctively, mechanically, but without mistake. It had to do with rhythm. The secret consisted of following the same rhythm she felt when she used to tirelessly peel vegetables, abundant pounds of potatoes, baskets full of potatoes, numerous sacks of

germen esperanzador que alimentara su alma.

La niña estaba segura de eso. Se lo repetía a sí misma una y mil veces, mientras sumaba cuentas, series de números, cifras sin sentido, sin detenerse a contemplar el teclado de la máquina registradora; porque éste se lo sabía ya de memoria, se lo había memorizado como tantas otras cosas inútiles, inservibles y repetitivas que aprendió durante sus 13 años de vida. Ella no lo entendía, pero de alguna forma sabía que podía existir un escape, una realidad diferente, y que en la magia ancestral de la semilla estaba su salvación.

–¡Abran! ¡Abran! ¡Vamos a romper la puerta!

El especiero estaba nervioso, creía que de un momento a otro aquella turba de fanáticos y agitadores romperían las puertas de la tienda, lo arrastrarían hasta la plaza Municipal para lincharlo y de paso robarían el tesoro que acumuló valiéndose de ilusionismos, engaños y de sucias artimañas. No podía permitirlo, la salvación del especiero estaba en la niña; y si lograba tranquilizarla, todo el problema podría resolverse sin violencia.

Convencido de esto hizo un esfuerzo por encontrar el tono más dulce, persuasivo y al mismo tiempo solemne con el que jamás le había hablado, y le pronunció al oído algunas frases que memorizó del libro de magia que sirvió para la conjuración de la semilla: *"A vos se te olvida lo que leímos aquel diya. Aquí lo tengo, mirá, el libro de magia dice: La semilla es resistente, pero al mismo tiempo opaca. Es devoradora insaciable de luz, pero también del tiempo. Esa terrible estación que a todos nos alcanza. Vos no sabes hasta cuando podemos mantenerla... Vos no sabes hasta cuando vas a durar vos."*

–¡Abran! ¡Abran! ¡Vamos a romper la puerta!

La niña sabía que quizá no podría resistir mucho tiempo, y que quizá la semilla tampoco. Era difícil para ella, proyectarse en un tiempo y un espacio convencional, sobre todo, porque siempre se percibió como un ser irreal, inconcreto, un fantasma condenado a experimentar una pesadilla. El especiero la miraba con impaciencia. Esperaba de ella una palabra, una sonrisa, un reproche, una lágrima. Como maestro de la elocuencia, aplaudiría incluso cualquier clase de insulto para tener la oportunidad de desarmarla, como tantas otras veces lo había hecho, pero hablar con un cadáver era sumamente difícil. La respuesta sería impredescible. Sin embargo, las palabras del libro

potatoes, or when she hauled jugs of water from 5 a.m., until she filled a 3 meter pool at the food kiosks where the owners paid her 25 cents for each time she filled it. So much work just to meet the obligatory necessary quota of 10 dollars, which had kept her in debt since she was nine years old.

–Open up! Open up! We're going to break the door down!

With difficulty, she grabbed hold of the stair rail. The pain produced by the hernia kept her from moving with agility. The hernia only produced a sensation of pins and needles because after so many tribulations, she found herself so close, so closely linked to the pain that she even stopped feeling it. She never learned anything about gestures, making faces or precise words for complaining; she just knew, although she couldn't under-stand, that her body was resisting the work she did before. Go-ing up and down stairs... Her languid little eleven year old body could barely move with a twenty liter jug up the stairs that led to the food stalls on the square. "I need to put together some money for the payment. I just don't know how..." And inspired by that pledge, she learned to put up with everything, to keep don Chón, the fat moneylender in the square, from kicking her mother again, a homeless woman tormented by diabetes, with an amputated leg, who sold boxes of matches, straw hats, flags and seals of El Salvador with its patriotic words: God, Union, Liberty... and a whole series of signed books that she inherited from a drunk used-clothes salesman whom the gang members murdered in front of her eyes. She hid him under the table where she kept her merchandise, but the used-clothes sales-man left his hiding place too soon. In the act, eight strong, evil-hearted boys cut him to pieces. The police made their pres-ence a few hours later, took notes, ordered the vendors to clean up everything with lots of water and everything went back to normal. For her part, the woman kept the dead man's belong-ings for various months: Two sacks full of old books that no one wanted and that's why she began to sell them in a small store on the muddiest, darkest and dirtiest alley of the square. It was incredible, the vendors had to pay taxes for that dark and pestilent alley but when sales went bad, everyone had to go to Chón, the moneylender, who bailed them out of trouble. Many

tuvieron un efecto energizante en la niña quien comenzó a manipular la máquina con mayor velocidad. *"Dictale más rápido, mujer, dictale más rápido a esta loca. A lo mejor esto nos lleve a algo"* La contabilización era precisa. Sus dedos se movían rápida, instintiva, mecánicamente, sin equivocarse. Era cosa del ritmo. El secreto consistía en seguir el mismo ritmo que experimentó cuando pelaba incansablemente verduras, numerosos sacos de papas y cebollas en las cocinas del mercado; el mismo que la obligaba a levantarse a las cinco a.m. para cargar pesados cántaros sobre su cabeza, hasta llenar una pileta de tres metros en los puestos de comida, donde las dueñas le pagaban 25 centavos por cada servicio. Y todo ese trabajo era tan solo para completar la obligatoria y cotidiana cuota de 10 dólares, que la esclavizó desde los 9 años.

–¡Abran! ¡Abran! ¡Vamos a romper la puerta!

Era invierno cuando se aferró al pasamanos de la escalera. Unos meses antes de que la última lluvia acompañara el deceso de su madre. El malestar provocado por la hernia le impedía llevar a cuestas el pasado cántaro de 20 litros de agua, por lo que recibía apenas la risible cantidad de 25 centavos. Sintió desfallecer. Tomó aliento y se concentró en el abono de la cotidiana deuda: un par de billetes podrían salvar a su madre de una horrible paliza propinada por don Chón, el usurero de la plaza. "Subir y bajar gradas... Vaciar, llenar y volver a cargar hasta llenar la pileta de las dueñas del comedor" *"Debo rejuntar pisto para el pago. No sé cómo... No sé hasta cuándo...."*

E inspirada en este compromiso, aprendió a soportarlo todo, a asimilarlo todo, para evitar que don Chón, el prestamista desalmado, pateara nuevamente a su madre, una desamparada mujer atormentada por la diabetes, con una pierna amputada, quien vendía cajas de fósforos, sombreritos de palma, banderines y escudos de El Salvador, con sus patrióticas palabras: *Dios, Unión, Libertad...* Y toda una serie de libritos con invocaciones que heredó de un borrachín ropavejero a quien las maras asesinaron frente a sus ojos. Ella lo escondió debajo de la mesa donde colocaba la mercadería, pero el ropavejero salió del escondite antes de tiempo. En el acto, ocho muchachos robustos y desalmados lo descuartizaron. La policía se hizo presente varias horas después, tomaron datos, ordenaron a las vendedoras limpiar con abundante agua y todo volvió a

of them fell into a never-ending debt. During that time, the girl dreamed about how to cure her mother. And that expensive dream fed her every night, in the loneliness of her petate straw sleeping mat, when she noticed the glow of the moon filtering through the abundant holes in the sheet metal roof.

The girl was honest and didn't even take the garbage that food stall owners habitually refused everyone, but both slept with the hope of selling something the next day, or with the consolation that Miss Tanchito, a vendor of pumpkin seed and atol shuco, a nice and generous lady, might pass by and gave them a little bowl of atol for breakfast.

–Open up! Open up! We're going to break the door down!

The girl sadly climbed the steps of the square. That same day they fired her from her job because she almost started a fire due to her excessive fatigue. The ill-hearted food stall owner refused to pay for her injury. "I done told youse, sisters, don't bring no brats." "I done told youse, and now you see, the little idjit done burned her hand . . ." "Well, just hope she don't call the PO-lice." "Well, you know very well, that the PO-lice don't never come round here." "No, they don't never come, and if'n they did come they ain't gonna pay a lick of attention to a half starved brat. They know how to take money from the first one who offers it, they's starvelings themselves, the PO-lice. If you know it only takes 5 bucks for us to shut up the dumbass PO-lice. If we know that, we're the ones who runs things round here."

All afternoon she tried to ease the pain of the burn with tomato pulp, cold water and ground coffee . . . . At the public clinic they refused to see her due to lack of medicine and personnel. Miss Tanchito, the shuco vendor gave her a cream to ease the burning pain. The girl was worried. That day she didn't even make a dollar. And this time, Don Chón was going to hit her mother. But she wouldn't let her be hit! She was ready do anything to keep from witnessing that again.

–Open up! Open up! We're going to break the door down!

She left her plastic jug on the sidewalk. Don Chon took her by the hand and led her into a squalid little room of wood and sheet metal that he rented out as a personal store room. She

la normalidad. Por su parte, la señora guardó por varios meses las pertenencias del difunto: dos bolsitas llenas con libritos antiguos que nadie reclamó y por eso, comenzó a venderlos en su pequeño estanco ubicado en el callejón más lodoso, oscuro y sucio de la plaza. Era increíble. Las vendedoras debían pagar impuestos por ese callejón oscuro y pestilente, pero cuando las ventas andaban mal, todas recurrían al usurero Chón quien las sacaba del apuro. Muchas de ellas cayeron en una deuda interminable. Durante ese entonces, la niña soñaba con la curación de la madre. Y ese caro sueño la alimentaba cada noche, en la soledad de su petate, cuando observaba el resplandor de la luna filtrándose por los abundantes huecos en el techo de lámina.

La niña era honrada y no se robaba ni los desperdicios que desde siempre le negaron las dueñas de los comedores, pero ambas dormían con la esperanza de vender algo al día siguiente, o con el consuelo de que pasara por ahí la generosa Tanchito, una amable señora, vendedora de semillas de ayote y atol shuco quien les regalaba, de vez en cuando, una guacalada de atol para el desayuno.

–¡Abran! ¡Abran! ¡Vamos a romper la puerta!

La niña subió con tristeza los graderíos de la plaza. Ese mismo día la despidieron del trabajo porque casi provocó un incendio debido a su excesivo cansancio. Las malvadas patronas no quisieron socorrerla ni indemnizarla.

–*Ya les 'bía dicho, comadres, que no trajieran bichas." "Yo se los bía bien dicho, y ya ven que la babosa se quemó la mano.*

–*Pues, ojalá que no vaya a llamar a la policiya.*

–*Gueno, usté no se me aflija, comadre, si la policiya aquí nunca viene.*

–*Y si viniera por casualidá qué le van andar haciendo caso a una bicha muerta de hambre. Si ya sabemos que el primer vendido y muerto de hambre es el mismo policiya. . . .*

–*Vergón, comadre, y ya sabemos que nojotras con solo 5 dólares les callamos la trompa a esos babosos cuilios. Si lo supiéramos nojotras dos, que hasta los mandados nos hacen".*

Toda la tarde intentó curarse la quemadura de tercer grado con pulpa de tomate, agua fría y café en polvo... En la clínica comunal no la quisieron atender por escasez de personal y medicamentos. Doña Tanchito, la vendedora de atol shuco le regaló una pomada para aliviar el ardor. La niña estaba deses-

didn't protest. She just concentrated on the rhythm of work that always accompanied her and lost her gaze in the roof beams covered in dust, soot and cobwebs, while the usurer took payment for rent past due, accumulated interest and for all the times she threatened to call the police because he was aggressive, abusive, a loanshark who took payment with violence. Such pleasure and desire he showed as he hit her from time to time! _"She's as useless as a chickenhead,"_ he thought, _"she's missing a leg, she ain't got no teeth, she ain't got no hair on her head, no fingers on her right hand, and as if it were a big deal, she just asks for pure garbage. Who in the hell is going to go into the nastiest, smelliest part of the market to buy flags, shields of El Salvador, or smelly and dirty glassware, and prayers for all the saints! It's disgusting! It's just disgusting,"_ He yelled with all his strength, while his rough dirty hands beat the face of the little girl who just limited herself to imagining the dusty roof beams with her eyes closed.

–_Open up! Open up! We're going to break the door down!_

She stopped dreaming immediately when she found out that her own mother had sold her to the corner spice vendor, an expert in making potions, cures for illnesses of body or soul, and, above all, a specialist in making spectacles to sell "good luck" plants and medicinal spices in the Town Square. At that time, the charlatan was looking for someone, an assistant with an innocent face, and above all, willing to accept low wages. _"I'm gonna give her to you, 'cause I can't see nothin'. I done lost my sight,"_ she confided in silence. The spice vendor offered to cure her, but she turned him down because she remembered that last cure: in the hands of that unscrupulous quack, in the midst of extravagant encantations, gestures and mimicry. Due to her extreme poverty, she had no other recourse but to seek out the spice vendor. She had confided in him the cure of her inflamed leg. The spice vendor poured alcohol, oils, creams, essences, leaves of rue and all kinds of unguents on her extremely inflamed leg. Bruised bunches of veins and arteries had reproduced themselves on that greenish blue skin graveled with pustulent sores. _"Hold on a bit more, granny, hold on, these plasters and essences are gonna make you better, good and better. You're_

perada porque el desalmado don Chón golpearía a su madre ¡No lo permitiría! No tenía ni un solo dolar para abonar la deuda, pero estaba dispuesta a hacer cualquier cosa antes de presenciar esa horrible escena otra vez.

–*¡Abran! ¡Abran! ¡Vamos a romper la puerta!*

La niña colocó su cántaro de plástico sobre la banqueta. Don Chón la tomó de la mano y la introdujo en un cuartucho de madera, que alquilaba como bodega personal. Ella no protestó. Tan solo se concentró en el ritmo interior de su propia tribulación y extravió su mirada en la armazón de vigas cubiertas de polvo, hollín y telarañas, mientras el usurero se las cobraba bien... Se cobró repetidas veces sobre su cuerpecito desfallecido y escuálido, todas las cuotas atrasadas, los intereses acumulados y las numerosas amenazas de llamar a la policía, por agresivo, por abusivo, por usurero, por su excesiva violencia al cobrarles las cuotas. Con qué gusto y con qué ganas recordaba las palizas que le propinó varias veces a la madre. El no sentía remordimientos. Para acallar sus culpas le bastaba con repetirse así mismo: *"No es más que una vieja inservible" "Le falta una canilla, no tiene dientes, no tiene pelos en la cabeza, ni dedos en la mano derecha, y por si fuera poco, no hace más que pregonar pura basura. ¡Quién demonios se va meter en la parte más chuca y apestosa del mercado para comprar banderas, escudos de El Salvador, o botes de vidrio manchados y hediondos, con oraciones para todos los santos! ¡Qué asco! ¡Qué asco!"* Gritaba con todas sus fuerzas, mientras sus manos sucias y toscas golpeaban el rostro de la niña, quien se limitó a imaginar con los ojos cerrados una salida, otro mundo más allá de las vigas polvorientas del techo.

–*¡Abran! ¡Abran! ¡Vamos a romper la puerta!*

Dejó de soñar de golpe cuando supo que su propia madre la había vendido al especiero de la esquina, un embaucador experto en hacer brebajes, curaciones, cirugías, y sobre todo, sugestivos espectáculos con el propósito de vender sus famosas semillas de la "fortuna" en la antigua plaza Municipal. Durante esos días el farsante andaba en busca de alguien, una asistente con perfil inocente, y sobre todo, dispuesta a cobrar poco salario. Y aprovechando esta oportunidad, la señora no tuvo otro remedio que ofrecerle a la niña. *"Se la guadá a usté, porque yo ya no veyo nada. No tengo quien vele por ella. Por lo menos con*

gonna do backflips of joy when you get out of here." He continued putting on all kinds of liquids and oils right and left, some good-smelling, some smelled nasty, while he pronounced an unending list of spirits from the great beyond. The leg was covered with thick layers of medicine and the spice vendor began the massage. A terrible scream was heard throughout the whole block. His wife and children ran over and found the patient and the spice vendor bathed in blood: the leg had exploded. In the hospital they amputated her leg. The doctors diagnosed her with diabetes.

In spite of everything, the woman did not dare sue the spice vendor. Experience had taught her that it's best to be quiet in a society where hitman are hired for five dollars. She had no choice. And in spite of this horrible experience, the woman concluded that before dying, her only choice was to leave the girl with that charlatan, since this man promised her three things to send the girl to school, give her room to sleep in the chicken coop and give both of them a plate of food every day. *"It's gonna cost me big time,"* he told her. *"To feed another mouth won't be easy, but because I feel bad for what all's happened to you and I wanna compensate you; pay you somehow for my errors of the past. And you know that in no way was it intentional. What happened was the moon was crossed during those minutes. And when the moon is crossed you can't go around mixing thick liquids like those I rubbed on you. But be calm, you can die in peace 'cause from now on, I'm gonna tutorize the girl so she can go back to school and I can be blessed with virtue."*

From then on, the girl began to help him with the famous "cigar test," in preparing potions, in reading cards, coffee, limes, wax, and with various substances such as clotted blood, broth of offal, and animal excrement. Business was booming and people paid double so the girl would participate in séances. *"She has that special essence,"* the customers affirmed. And the true part was that the girl had a natural talent for theater. She imitated voices, animal grunts, pretended to be in a trance, gave true responses to alleviate desperation and put up with pain like no one else. The spice vendor laid her down on beds of nails, sharp rocks, and sometimes he jabbed needles into her and made her

usté ella va alcanzar pala comida. Me estoy muriendo ¿Sabe? –Le confesó en privado– El especiero le ofreció curarla, pero ella se negó porque recordaba su última curación en manos de ese farsante sin escrúpulos: años atrás, en medio de conjuros, muecas y mímicas extravagantes el especiero derramó sobre su pierna descompuesta alcohol, pomadas, cremas, esencias, hojas de ruda y toda suerte de ungüentos caducados, inflamables y oleosos que vendía en su tienda. Debido a la extrema pobreza, la señora no tuvo otro remedio que buscar al especiero. Así fue como le confió la curación de su inflamada pierna; una pierna congestionada con abundantes racimos de arterias y dolorosas llagas purulentas. *"Aguántese un poco, nana, aguántese, que con estos emplastos y esencias la'guá dejar güena, bien güena. Hasta saltos de alegría va dar cuando salga de aquí."* Mientras la embadurnaba con toda clase de líquidos y pomadas a diestra y siniestra, algunos de buen aroma otros con olor fétido, el especiero pronunciaba una lista interminable de espíritus del más allá. Parecía abstraído... Y él no se dio cuenta de que la pierna se estaba ensanchando con el masaje, y de pronto, un terrible alarido se escuchó por toda la cuadra. Tanto la esposa como los hijos acudieron en el acto, y allí encontraron a la paciente y al especiero bañados en sangre: la pierna había estallado.

En el hospital, le amputaron la pierna. Los doctores le diagnosticaron diabetes, un mal insospechado hasta entonces, por ella.

De cualquier manera, no se atrevió a demandar al especiero. La experiencia le había enseñado que es mejor guardar silencio en una sociedad donde los sicarios son contratados por 5 dólares. No tenía otro remedio. Y a pesar de esta horrible experiencia, la señora concluyó unas semanas antes de su muerte que su única alternativa era dejar a la niña con ese farsante, ya que este hombre le prometió tres cosas: mandar a la niña a la escuela hasta completar todos los niveles, abrirle un espacio para dormir en el gallinero y darle un plato de comida diario. *"Me va salir caro"* –le decía– *"Mantener otra boca no será fácil, pero me siento mal con vos, y te quiero compensar por mis errores del pasado. Y vos no creás para nada que jue intencional. Lo que pasó es que la luna estaba contraria en esos instantes. Y cuando la luna es contraria, uno no debe mezclar líquidos espesos como los que te unté. Pero vos estate tranquila, morite tranquila que yo*

drink blood, eat guts and animal excrement.

–Open up! Open up! We're going to break the door down!

Her innocent heart gave out suddenly. She felt no emotions when the sales clerk gave her handmedown school supplies and toys his own children had thrown away, nor when she returned to school after a long absence, nor when she tried out her first pair of sandals on her 12th birthday. In school, she never spoke to anyone. The teacher thought she could not speak, but that didn't matter, since she never interacted with other students in class. Deep inside, the teacher had wished that everyone were mute so she wouldn't have to put up with their voices, their complaints and yelling. And only like that, would there be enough time to fill out the absurd government paperwork. In time, she discovered that that girl copied from the board like a robot, without looking at the workbook, with a gaze fixed elsewhere, but without the slightest stain, without going over the line, without any mistakes. She wasn't worried about that. And she was happy to discover that during class she could demand 10, 15, 25 copies and a complete set, without the girl complaining.

The girl didn't understand it. But in a way she knew that the monotonous, absurd and boring time at school could keep her safe. Her classmates were rough. But outside, there was a jungle of dangerous beasts. One day, a classmate bit her. She wanted to play with her suffering, but her intent was useless because the girl didn't cry. Nor did she cry when the tendons in her hand became inflamed due to an excess of work; nor when, one day, in the spice vendor's house, she noticed the smell of balsam and rotten plants, --that is, the medicine her mother used. And the odor invaded her nose, it overpowered her hands, it spread out through the whole room, it concentrated on the wicker chairs and slowly dissipated like a thick vapor through the window. Nor did she cry when an hour after this occurance, the alhuashte woman whispered bad news in her ears; nor, when numerous arms unknown to her comforted her, and they introduced her into a nasty little room where cadenced echoes of ancient litanies resonated perturbingly; nor when she heard the dry, monotonous noise of earth falling on the casket, nor

en delante, te entuturuto a la niña para que regrese a la escuela y para que seya un dechado de virtudes."

A partir de entonces, la niña comenzó a asistirlo en la famosa "prueba del puro", en la preparación de brebajes y en los vaticinios presentes tanto en las cartas, como otras variadas sustancias: residuos de café, rodajas de limón, sangre coagulada, caldo de vísceras y excrementos de animales. El negocio iba viento en popa, y la gente pagaba el doble para que la niña participara en las sesiones espiritistas. *"Ella tiene esa esencia especial"*, afirmaba la clientela . Pero lo cierto es que la niña tenía un talento natural para el teatro, imitaba voces, gruñidos de animales, fingía entrar en trance, daba respuestas certeras para aliviar la desesperación y soportaba el dolor como nadie. El especiero la acostaba sobre clavos, piedras puntiagudas; a veces, le introducía alfileres y la obligaba a probar sangre, puré de vísceras y excrementos de animales.

–¡Abran! ¡Abran! ¡Vamos a romper la puerta!

Su inocente corazón se apagó de pronto. No se emocionó cuando el tendero le regaló los útiles escolares y los juguetes que habían desechado los hijos de este; ni cuando regresó a la escuela después de una larga ausencia, y tampoco cuando estrenó sus primeras sandalias al cumplir 12 años. En la escuela nunca conversaba con nadie. La maestra pensaba que no sabía hablar; pero esto no le importó, ya que nunca interactuaba con sus estudiantes durante la clase. En el fondo hubiera querido que todos fueran mudos para no tener que soportar sus voces, sus quejas ni gritos, y sólo así tendría tiempo para llenar los absurdos papeles del gobierno. Con los días, descubrió que su alumna hacía las planas como una autómata, sin ver el cuaderno, con su vista fija en otra parte, pero sin la más leve mancha, sin salirse de la línea, sin equivocarse. No se alarmó por esto. Y se alegró aún más al comprobar que durante la clase podía exigirle 10, 15, 25 planas y toda una producción en serie, sin que la niña se molestara.

La niña no lo entendía, pero de alguna forma sabía que la monótona, absurda y aburrida estancia en la escuela podía mantenerla a salvo. Sus compañeros eran rudos, pero afuera había una selva de bestias peligrosas. Un día, un compañero le dio un mordisco. Quería gozar con su sufrimiento, mas su propósito fue inútil porque la niña no lloró. Tampoco lloró cuando los

when the evil, langorous, melancholy murmurrings of the souls of purgatory invaded her sense to form a funereal, incessant, maddening hiss in her memory.

–Open up! Open up! We're going to break the door down!

Father Francisco Xavier took her with him with the aim of getting her into a boarding school. He rescued her from the spice vendor's house and took care of her for various days in the parish house. Father Francisco had survived 44 ambushes, 15 firefights and 2 kidnapping attempts during the war in El Salvador. He was a brave man who successfully led various groups of peasants across the border into Honduras, so they could escape the repression and massacres carried out by the military. "Come with us, father, 'cause you're the one that's really got the luck, which I wouldn't have even if they nursed me with rue." For some, he was a spy and a traitor. For others, a saint of a man dedicated to the the service of God, because he had risked his life rescuing so many people in the middle of combat. In spite of all this, things did not go well. For some reason that no one really knows, dark, clandestine groups continued persecuting him after the peace accords, and even many years later, when the famous words "forget" and "pardon" were inscribed into mass media, everyday discourse, noisy political campaigns, and finally these famous phrases infiltrated like cheap merchandise, like gratuitous insults, like antidepressive pills, and, finally as a subliminal in the malls, which multiplied ever faster because, as some said, these cement blocks, erasers of the national heritage, represent folklore, progress and are an authentic bulwark of Salvadoran culture. And because of this famous phrases, the story of Father Francisco Xavier fell into the black hole of memory, like so many others.

One day, when the girl was hidden in the parish grotto, the echo of a few steps was heard throughout all the corridors. She didn't leave her hiding place. The grotto was the only place where she felt safe, far from the evil of mankind. Soon afterwards, a voice asked for help. She grabbed onto the rocks of the grotto with all her might, and later, she heard a series of blasts that exploded around the sanctuary. She dare not move, nor even look up, but she observed with amazement the parade of

tendones de la mano comenzaron a inflamársele a causa del exceso de trabajo; tampoco, cuando un día, en casa del especiero sintió el olor a bálsamo y plantas podridas, es decir, la medicina que usaba su madre. Y el olor invadió su nariz, se apoderó de sus manos, se esparció por toda la habitación; se concentró en los asientos de mimbre y se disipó lentamente como un vapor espeso a través de la ventana. Tampoco lloró cuando una hora después de este acontecimiento, la vendedora de alhuashte le susurró al oído una mala noticia; tampoco, cuando numerosos brazos de desconocidos la reconfortaron, y la introdujeron en un cuartucho donde resonaban perturbadoramente encadenados ecos de antiguas letanías; ni cuando escuchó el ruido monótono y seco de la tierra cayendo sobre el ataúd, ni cuando los murmullos melancólicos, tétricos y lúgubres de las ánimas del purgatorio invadieron sus sentidos hasta formar un siseo desquisiante, incesante y fúnebre en su memoria.

–¡Abran! ¡Abran! ¡Vamos a romper la puerta!

El padre Francisco Xavier se la llevó consigo con el propósito de internarla en un colegio. La rescató de la casa del especiero y la cuidó por varios días en la parroquia. El padre Francisco había sobrevivido a 44 emboscadas, 15 tiroteos y 2 intentos de secuestro, durante la guerra de El Salvador. Era un hombre valiente que sacó con éxito a varios grupos de campesinos que intentaban cruzar la frontera con Honduras para salvarse de la represión y las masacres perpetradas por el ejército *"Acompáñenos usté padrecito, porque usté sí que tiene suerte, ni que me lo hubieran amamantado con ruda"*.

Para algunos, él era un agente de espionaje y un traidor. Para otros, un hombre santo entregado al servicio de Dios, porque había arriesgado su vida al rescatar muchas personas en pleno combate. A pesar de todo, las cosas no andaban bien. Por alguna razón que todos desconocían, oscuros grupos clandestinos continuaron persiguiéndolo después de los acuerdos de paz; e incluso muchos años después, cuando las famosas frases de "olvido" y "perdón" se impusieron en todos los medios informativos, en los discursos cotidianos, en las ruidosas campañas políticas; esas famosas frases que se infiltraron como mercancía barata, como degustaciones gratuitas, como píldoras antidepresivas; y, finalmente, como *suovenir* en los centros comerciales, esos que se multiplican a pasos acelerados porque,

8 military boots stained in blood. _"God damn subversive, see where he ended up." "Here's another five pesos, I don't care what he was." "No. I even sentenced him myself: Sooner or later, every flea-bitten mutt has its day."_

–Open up! Open up! We're going to break the door down!

After that occurance, she had no choice but to return to the spice vendor, who was engrossed in the reading of ancient books he found among the girl's belongings. They were the same as those that once belonged to the drunken old clothes seller. One of the books spoke of the history of the pumpkin seed in ancient cultures, its nutritional, religious and astral value, as well as how to awaken those powers through song. The spice vendor, convinced of this, began the chants, placed pumpkin seeds on small altars and kept them as amulets for various days, without getting favorable results. "We'll keep on selling the same sunflower seeds. Too bad this here book only tells lies. I even learned it by heart.

Days later, during a spectacle which the spice vendor put on in the Town Square, the girl committed the error of breaking the bottle that held the sunflower seeds. That was impardonable. No one in the crowd bought any, _"Go and take care of this for me as soon as you can. And if you can't fix it, too bad for you, you little bitch."_ Full of anguish, the little girl went inside the tent, pulled out fifteen pumpkin seeds she was saving to eat. She kneeled and began singing fervently one of the ancient chants from the book. When she finished, she discovered a note at the botton of the page that warned: _"Magic is only effective once. After that, no chant will work."_ The girl didnt worry herself about that, and handed the seeds to the spice vendor, who wrinkled his brow when he discovered there were only fifteen... But he was a practical man and soon resolved the situation.

–_Ladies and gentlemen, these seeds will bring you luck in business, in love, and you can scare off any type of spell. For those who want them, I'm gonna sell'em for twenty dollars a piece. This is a good price, gentlemen. Be brave, step on up. This is a deal, gentlemen, a deal!_

Some seeds were sold in the show. The customers didn't mind being called naive, but after a while, the whole crowd witnessed

según dicen, estos bloques de cemento, arrasadores del patrimonio nacional, representan el folklore, el progreso y son un auténtico baluarte de la cultura salvadoreña. Y por culpa de estas famosas frases, la historia del padre Francisco Xavier cayó en el agujero negro de la memoria, como tantas otras.

Un día, cuando la niña estaba escondida en la gruta parroquial, se escuchó el eco de unos pasos que se desplazaron por todos los corredores. Ella no salió del escondite. La gruta era el único lugar donde se sentía a salvo, alejada de la maldad de la gente. De pronto, una voz pidió auxilio. Ella se aferró a las piedras de la gruta, desde donde pudo escuchar una serie de ráfagas que arreciaban cerca del sagrario. No se atrevió a moverse, ni siquiera a levantar la vista, pero observó con asombro el desfile de 8 botas militares manchadas con sangre. "Maldito cura subversivo hasta donde vino a parar" "Esos son otros cinco pesos, a mí no me importa lo que haya sido ese c." "No. Si hasta yo mismo me lo sentencié: tarde o temprano, a todo chucho le llega su hora"

–¡Abran! ¡Abran! ¡Vamos a romper la puerta!

Después de este suceso, no tuvo más remedio que retornar con el especiero quien estaba entregado a la lectura de los libros antiguos que encontró entre las pertenencias de la niña. Eran los mismos que alguna vez pertenecieron al ropavejero borrachín. Uno de los libros hablaba sobre la historia de la semilla de ayote en las culturas antiguas, su valor nutritivo, religioso, astral; y, la manera de despertar estos poderes a través de canciones. El especiero estaba convencido de esto, entonaba los cantos, y hasta colocó un puñado de semillas de ayote en pequeños altares; y así, las mantuvo como amuletos por varios días, sin obtener resultados favorables. *"Seguiremos vendiendo las mismas semillas de girasol –le dijo–, Lástima que este libro solo deciya mentiras. Hasta me lo aprendí de memoria"*

Días más tarde, durante un espectáculo que el especiero montó en la Plaza Municipal, la niña cometió el error de quebrar el frasco que contenía las semillas de girasol. Eso era imperdonable. Nadie del público las compraría. *"Anda resolveme esto cuanto antes"*, murmuró a su oído. *"Y si no me lo solucionás pobrecita de vos, pendeja."* Llena de angustia, la pobre niña fue al interior de la carpa, sacó de su bolsillo las quince semillas de ayote que guardaba para comer. Se colocó de hinojos y en-

a series of unusual events. The snowcone lady won an all-paid trip to Europe. Miss Tencha's daughter, who had disappeared during the armed conflict when she was ten years old, surprisingly came back. *"Gentlemen, they didn't kill me in the war,"* she said. *"A foreign woman, a millionaire, adopted me. She died last week and now I'm the owner of a chain of restaurants."* Don Ergástulo Aparicio, the park bootblack, was going to cross the border to escape his economic debts, but one day he fought with an unknown customer who didn't want to pay him. Both drew their arms, but Ergástulo was quicker and wounded the other first. In the police station, they discovered that the unknown man was a fugitive from justice, and instead of jailing him, they gave him a big fat reward. Another surprising case was that of don Arnulfo López, secretary to the mayor. The poor man suffered a slight fall and in the hospital, they amputated his hand by mistake. The case, however, did not come to court, thanks to a gift of a furnished house, cash money and an elegant car. All this courtesy of the surgeons who were implicated. Miss Petrona, the chilate drink lady, put the seed on the altar and every night she contemplated it with tears in her eyes. From then on, her husband, a stone cold dispicable drunkard, stayed away from the bar, and successfully opened a quesadilla shop. Miss Rosita, the nurse, wasn't able to get married due to her physical defects. One night, while she was working in the morgue, she found in a cadaver's pocket various lottery tickets with which she won first prize. Now, no one looked askance at her defects and she even had numerous suitors. But the weirdest case of all was that of Crazy Julia, a poor woman, born deaf and also was a stammerer. She sold animal fat candles and lard soap in the Town Square. Some said she was crazy. Other believed she was sane because she knew how to count money and never made mistakes. Others thought her parents were rich foreigners because she was blonde and tall with green eyes, but evidently with an man's body. They say they left her to her fate, because she was deaf, stuttered, crazy and trouble. "Those kinds of peoples like to keep up good appearances"... But what was true was that she was a poor woman who fought with the moon. Someone, out of nowhere, who got some cheap junk to sell on buses or in

tonó, con fervor uno de los antiguos cantos del libro. Al concluir esto, descubrió una nota al pie de página que advertía: *la magia tendrá efecto solo una vez. Después de eso ningún canto funcionará* . La niña no se inquietó ante esto, y entregó las semillas al especiero, quien frunció el seño al descubrir que solo eran quince. Pero él era un hombre hábil y pronto resolvió la situación:

"Señoras y Señores, estas semillas les darán suerte en los negocios, en el amor, y podrán espantarse cualquier tipo de maleficio. Para los que quieran se las gua vender a 20 dólares caduna. Este es buen precio, señores. Tengan confianza. Tengan mucha confianza. Esta es cachada, señores, cachada."

Algunas semillas se vendieron en el acto. A los compradores no les importó ser calificados de ingenuos, pero al cabo de un tiempo, todo el pueblo se llenó de asombro ante una serie de eventos insólitos: La vendedora de minutas se ganó un viaje con todos los gastos pagados a Europa; el hijo de doña Tencha, quien desapareció durante el conflicto armado cuando tenía 10 años, regresó de manera sorpresiva: *"Señores, no me mataron en la guerra,"* –dijo–, *"me adoptó una extranjera millonaria quien falleció hace unos años, y ahora soy dueño de una cadena de restaurantes"*; don Ergástulo Aparicio, el lustra botas del parque, iba a cruzar la frontera por deudas económicas; pero un día se peleó con un cliente desconocido, quien no quiso pagarle. Ambos sacaron sus armas, pero Ergástulo fue más rápido y lo hirió primero. En la comandancia averiguaron que el desconocido era un prófugo de la justicia, y en lugar de encarcelarlo, le dieron una jugosa recompensa. Otro caso sorprendente fue el de don Arnulfo López, secretario de la alcaldía. El pobre hombre sufrió una caída leve y en el hospital, por error, le amputaron una mano. Sin embargo, el caso no llegó a los tribunales, gracias al obsequio de una casa amueblada, dinero en efectivo y un elegante coche. Todo esto cortesía de los cirujanos implicados. Doña Petrona, la vendedora de chilate puso la semilla de ayote en un altar y todas las noches la contemplaba con lágrimas en los ojos. A partir de entonces, su marido, un despreciable borracho empedernido, se alejó de la cantina, y abrió con éxito un negocio de quesadillas; doña Rosita la enfermera, no lograba casarse debido a sus defectos físicos. Una noche, cuando trabajaba en la morgue del hospital encontró en los bolsillos de un

marketplaces, someone who threw herself down in the park, in the cemetary or wherever she felt like snoring. One night, Crazy Julia laid out her straw mat and her few possessions near El Mirador Bar. At a distance, she saw a poor old man who uselessly defended himself against two drunken bullies. Crazy Julia defended him from a fatal blow and took the old man to wash his wounds with water and alcohol. The amazing thing about this case is that the old man wasn't even a drunkard, nor a poor man, but a generous, cultured, outgoing and excentric landowner who, due to his constant bouts of depression, got drunk and frequented dead-end dives. The most surprising thing about this case was that the old man was smitten by her. A few weeks after the incident, the landowner came back to town for Crazy Julia. Everybody saw her, decked out with a moon-brimmed hat and a dress with golden lace. Unbelievable. They were married in front of the same bar where they met. Now she is Missus Julieta de Pacas Alcántara, owner of various farms and a coffee mill.

–Open up! Open up! We're going to break the door down!

The spice vendor kept on selling common everyday seeds, that is, without any special powers. Many spent their life savings on the dark, empty seeds but one day people got fed up and the mayor himself demanded his money back at the point of a pistol. To save himself, the charlatan asked the girl, who had no other recourse but confess the truth --that chant was only effective once. The rest of the seeds were lost when she was cleaning the deck and she only saved one. . . . Only one seed with magic powers. At that precise moment, the spice vendor had the bright idea of auctioning it off for the town's patron saint day. He called the mass media, prepared a luxurious deck in the Town Square, and to calm everyone's discontent, announced that sandwiches and beer would flow during the auction.

The night of the event, the girl gazed at the spectators with a profound sadness. She wanted to die. She asked herself why the magic had not worked on her, and on the other hand, she despaired of celebrating her thirteenth birthday without even the gift of a smile. She didn't understand injustice and everyday she understood it less, but an inner worry wormed itself into

cadáver varios billetes de lotería con los que se ganó el premio mayor. Ahora, nadie le reprocha sus defectos y hasta se da el lujo de despreciar a sus numerosos pretendientes. Pero el caso más insólito de todos, fue el de la loca Julia, una pobre mujer sorda de nacimiento, y por si fuera poco, tartamuda, quien vendía candelas de cebo y jabones de cuche en la plaza Municipal. Algunos decían que estaba loca. Otros, opinaban que estaba en sus cabales porque sabía contar las monedas y nunca se equivocaba. Otros, creían que sus padres fueron extranjeros ricos porque ella era "chelona", alta, rubia, de ojos verdes, pero con un evidente cuerpo de "varón". La gente murmuraba que los padres ricos la abandonaron a su suerte, por ser sorda, tartamuda, varonila, pendenciera y loca. *"A esa gente le gusta mantener las guenas apariencias..."* Mas lo cierto es que ella era una indigente que se peleaba con la luna. Alguien que de repente, y quién sabe de dónde, conseguía baratijas para venderlas en los buses o en las plazas; alguien que se echaba a dormir en el parque, en el cementerio o donde más le roncara la gana.

Una noche, la loca Julia puso su petate, su almohada y sus pocas pertenencias cerca de la cantina *El Matador*. A lo lejos, vio a un pobre anciano quien inútilmente se defendía de dos borrachos bravucones. La loca Julia evitó el desenlace fatal y se llevó al anciano para lavarle las heridas con agua y alcohol. Lo sorprendente del caso es que este anciano no era ni borracho, ni pobre, sino un hacendado generoso, culto, candoroso, y excéntrico, quien debido a sus constantes estados depresivos se emborrachaba y le daba por meterse en cantinas de mala muerte. Y lo más sorprendente del caso es que el hombre se prendó de ella. Unas semanas después del incidente, el hacendado regresó al pueblo por la loca Julia. Todos la vieron ataviada con un sombrero de luna y un traje de encajes dorados. Increíble. Pero de esta forma, ellos contrajeron matrimonio frente a la mismísima cantina donde se conocieron. Ahora, ella es doña Julieta de Pacas Alcántara, dueña de varias haciendas y de un ingenio de café.

–¡Abran! ¡Abran! ¡Vamos a romper la puerta!

El especiero siguió vendiendo semillas comunes y corrientes, es decir, sin poderes especiales. Muchos gastaron todos sus ahorros en la compra de semillas vanas, opacas, pero un día la gente se hartó y el mismísimo Alcalde exigió a punta de pistola

her heart, and that's why at the precise moment, she hid behind the curtains and began to set off metallic "machinegun" rockets to distract the crowd. They felt panic. Everyone thought there was a firefight. She took advantage of the disorder and alarm to snatch the seed from its setting. The distraction wasn't enough. Some people discovered her bizzarre behavior and reported. Then the mayor, the spice vendor, the journalists and the whole crowd chased after her in an intense frenzy. She managed to go down the stairs of the square with incredible speed; she hid in food stands, in smelly streets, and finally found refuge in the scrub of a barren field. She had to leave town. But before that, she had to return to the coop, that is, to the house of the evil spice vendor to recuperate her book. No one would ever think of looking for her there. "No fugitive from human injustice returns home," and she took stock in that idea, entering the coop without making much noise. Unfortunately, the spice vendor knew her like the palm of his hand. She had ruined the best deal of his life and full of rage he discharged it various times against the girl's head with a baseball bat, while he shouted terrible curses. The spice vendor's wife witnessed the act.

–What are you doing, you big imbecile?

–This witch, she ruined the business of the seed.

–Idiot, worse than idiot. The whole town is watching us, and they can discover us easily. Now, what are we going to do, you big animal, what are we going to do?

The couple's children were there during the bloody scene. They were hiding among some baskets and cardboard boxes because they wanted to play a mean trick on the poor little girl. In reality, they enjoyed the bloody scene. They left there hiding place in the coolest manner to praise their dad for such an "awesome" and "wicked" act.

–A'ight, Pops, that was so kewl!

–Yeah, it was funny.

–Shut up, Can't you see this is serious!

–Don't worry, Ma, I'll take care of it. . . .

–Yeah. I'll clean her up. . . .

–I'll sew her up. . . .

–I'll comb her. . . .

la devolución del dinero. Para salvarse, el farsante interrogó a la niña quien no tuvo más remedio que confesar la verdad: el canto tenía efecto solo una vez. El resto de las semillas se perdió cuando limpiaron la tarima y ella solo conservaba una. . . Tan solo una semilla con poderes mágicos. En ese preciso instante, al especiero se le ocurrió la brillante idea de subastarla durante las fiestas patronales. Entonces, llamó a los medios de comunicación, preparó una tarima de lujo en la plaza Comunal, y para calmar el descontento de todos, anunció que los bocadillos y la cervezas correrían por su cuenta durante la subasta.

La noche del evento la niña contempló a los concurrentes con una profunda tristeza. Deseaba morir. Se preguntaba por qué la magia no había obrado en ella; y por otra parte, se lamentaba de estar cumpliendo 13 años sin que nadie le hubiese obsequiado ni una sonrisa. Ella no entendía la injusticia, cada vez entendía menos, pero una inquietud interna hormigueaba en su corazón; y por eso, en el momento preciso, se escondió tras las cortinas y comenzó a lanzar cohetes metralleta, polvorines de fiesta y morteros para distraer a la gente. El pánico se hizo sentir. Todos creían que se trataba de un tiroteo; y ella aprovechó el desorden y la alarma para sustraer la semilla del escenario.

Esta distracción no fue suficiente, ya que algunos descubrieron su extraño comportamiento; y luego, tanto el Alcalde, como el especiero, los periodistas y todo el pueblo la persiguieron poseídos por un intenso frenesí. Logró descender los graderíos de la plaza con increíble rapidez; se internó por los puestos de comida, por los pestilentes callejones, y finalmente, se ocultó entre los matorrales de un predio baldío. Era preciso abandonar el pueblo. Pero antes de eso, tendría que regresar al gallinero, es decir, a la casa del malvado especiero para recuperar su libro.

A nadie se le ocurriría buscarla en ese sitio. "Ningún prófugo de la injusticia humana regresa a su casa", y confiada en esta idea, entró en el gallinero sin hacer mucho ruido. Lamentablemente, el especiero la conocía como la palma de su mano. Le había arruinado el negocio de su vida, y lleno de ira descargó repetidas veces un bate de béisbol en la cabeza de la niña, mientras profería maldiciones terribles. La mujer del especiero acudió en el acto.

–I'll perfume her. . . .

–What are you talking about? These bastards have gone crazy. Get rid of that body!

–There ain't no time, Ma, now the Pigs are making their rounds.

–They're right. Because of the ruckus in the street, it's best to hide the cadaver. If we fix her up well, we can pass her off for sick. No one will know the difference. As soon as the mob goes, we can get her out of here.

–Yeah, Pops, that is so cooool, I'll put make up on her. . . .

–And I'm gonna put Lupe's best dress on her, and feel her all up in the meantime.

–Ohhhhhh, please shut up! If you're going to do something, do it right. This is the tme to apply your knowledge of santería. Remember what you learned in Cuba. Maybe that way we can...

–Ohhhhh, please, whatever with the living, but this has gone too far, and the girl is dead, do you understand, she's dead.

–We can't lose anything by trying.

–Help me then. I'm going to begin the spell. And you, Lupe, go get the makeup. Bring your best dress. You, woman, clean up all this blood and while you're doing it, sew up all that brat's wound. What a load of crap! Some of you want to put your your brains to use on something. But now, what you are waiting for? Get to work, you lazy sacks of shit. Hurry up! Move it!

–Open up! Open up! We're going to break the door down!

The alhuashte and atol shuco seller found out about the danger the child faced. Immediately, she informed the police commander, who appreciated her for her delicious atol shuco. A patrol with four agents escorted her to the scene ot the events and not content with this, Miss Tanchito began to scream in the streets *"Help! Help! The spice vendor wants to kill his assistant! The spice vendor wants to kill his assistant! I saw him shoot a pistol at the girl! Help! Help!"*

Many people, moved by curiosity, went straight to the spice vendor's house. They all demanded that they break down the doors. At first, the agents refused to do so but soon, they were egged on by drunkards, tourists, gangsters, journalists and three quarters of the people who congregated in front of this

–¿Qué estás haciendo grandísimo imbécil?

–Esta bruja nos echó a perder el negocio de la semilla.

–Idiota, más que idiota. Todo el pueblo está pendiente de nojotros y está fácil que nos descubran. ¿Y ahora qué vamos a hacer, grandísimo animal, qué vamos a hacer?

Los hijos de la pareja presenciaron la sangrienta escena. Estaban escondidos entre unos canastos y cajas de cartón porque planeaban hacerle una broma de mal gusto a la pobre chiquilla. En realidad, disfrutaron la sangrienta escena. De la manera más fría, abandonaron el escondite para alabar al padre por esa acción tan "genial" y "divertida"

–Increíble, apá, eso estuvo bárbaro

–Sí. ¡Qué divertido!

–Cállense. ¡Que no ven que esta cosa es grave!

–No te preocupés, amá, yo la arreglaré. . . .

–Sí. Yo la limpiaré. . . .

–Yo la coseré. . . .

–Yo la peinaré. . . .

–Yo la perfumaré . . . .

–¿De qué están ustedes hablando? Estos infelices se han vuelto locos. ¡Deshaganse de este cadáver!

–No hay tiempo, amá, ahorita empieza la ronda de los cuilios.

–Ellos tienen razón. Por el alboroto de las festividades es mejor esconder el cadáver. Si la arreglamos bien, podemos hacerla pasar por enferma. Nadie sospechará. En cuanto se vaya el gentío la podremos sacar de aquí.

–Sí, apá, así es más divertido, yo la maquillaré. . .

–Y yo le′guá poner el mejor traje de la Lupe, y de paso la manoseyo toda.

–¡Ay, cállense, por favor! Si vas a hacer algo, hacelo bien. Este es el momento de aplicar tus conocimientos de Santería. Acordate de lo que aprendiste en Cuba. A lo mejor podés. . . .

–Ay, por favor, con los vivos cualquier cosa, pero se me pasó la mano, y la niña está muerta, entendé, está muerta.

–Nada perdemos con intentar.

–Ayúdenme entonces. Voy a iniciar el embrujo. Y vos, Lupe, andá por el maquillaje. Traete tu mejor vestido. Vos, mujer, ponete a limpiar este sangrerillo y de paso cosele todas las heridas a la bicha ¡Qué barbaridad! Alguno de ellos que te ayude a meterle los sesos con alguna cosa. Pero ahora, ¿Qué

scandal in capital letters.

–Open up! Open up! We're going to break the door down!

–And what are we gonna do now, old man, what are we gonna do?

–Holy shit, Pops! You really are a santero. You're a real bad ass with the spells.

–It's ain't gonna take much longer. I can't hold back the spirit. Don't believe this was easy at all. I used all the artillery I bought in Cuba.

–Yeah, but she looks alive to me. You all think she's alive?

–Shut the hell up already, you sumbitches. Get the hell outta here right now. Go out the back door and wait for my signs and signals in the next town over. And you, old woman, take care of the details. We don't know if the spell is gonna last much longer.

–Open up! Open up! We're going to break the door down!

Finally, the commander let them break the door down. They all ran in after him, expecting the worst. The journalists, anxious to capture the scene of the crime, felt terribly let down when they discovered the little girl working away diligently on the keys of the cash register. She was very pretty . . . .

–Nothing's happened here, gentlemen, there's no crime here.

–One minute, sergeant, one minute. I want to know why the spice vendors didn't open the door.

–Ahhh, excuse me, Mister Commander," said the spice vendor's wife. Since we're in a time of parties, we didn´t think all that hootin' and hollerin' was for us."

–One minute, one minute," said the atol shuco seller, "the girl look strange to me. Even though she's all fixed up and pretty, she look weird to me."

–What do you mean weird? She's purdier than ever, look. Why she even painted her face and she smells down right purdy.

–Let the journalist ask the questions, now! Let them ask!

–If they would just ask, if that's possible, let them turn on that camera and they can record us all at once.

–Yeah! I wanna be on TV!

–Me too . . . .

–Me too . . .

esperan? Pónganse a trabajar, grandísimos huevones ¡Apúrense ya! ¡Muévanse!

- ¡Abran! ¡Abran! ¡Vamos a romper la puerta!

La vendedora de alhuashte y atol shuco se enteró del peligro que corría la niña. De inmediato, informó al comandante general, quien la apreciaba por su delicioso atol shuco. De inmediato una patrulla con cuatro agentes la escoltaron hasta el lugar de los hechos y no conforme con esto, doña Tanchito comenzó a gritar por las calles *"¡Auxilio! ¡Auxilio! ¡El especiero quiere matar a su asistenta! ¡El especiero quiere matar a su asistenta! ¡Yo lo vi disparando una pistola contra la muchacha! ¡Auxilio! ¡Auxilio!"*

Muchas personas movidas por la curiosidad se dirigieron a casa del especiero. Todos exigían que se derribaran las puertas. Al principio, los agentes se negaban pero pronto, acudieron los borrachos, los turistas, los mareros, los periodistas, y tres cuartas partes del pueblo se congregaron en ese mayúsculo escándalo.

–¡Abran! ¡Abran! ¡Vamos a romper la puerta!

–¿Y ahora qué hacemos, viejo, qué hacemos?

–Rápido, sienten a la bicha frente a la máquina registradora.

–¡Puyá, pá! Vos sí que sos un santero de verdá. Vos sí que sos buso con los hechizos.

–No va durar mucho tiempo. Yo no puedo retener el espíritu. No crean que fue cosa fácil. Ocupé toda la artilleriya que compré en Cuba.

–Ay, pero a mí me parece que está viva ¿Y ustedes creen que está viva?

–Ya cállense, hijos del maíz. Bórrense diuna vez de aquí. Salgan por la puerta de atrás y esperen mis pelos y señales en el pueblo vecino. Y vos, vieja dictale cifras, dictale cuentas. No sabemos si el hechizo va durar por mucho tiempo.

–¡Abran! ¡Abran! ¡Vamos a romper la puerta!

Finalmente, el comandante accedió a derribar la puerta. Todos entraron en tropel esperando lo peor. Los periodistas,   ansiosos por capturar la escena del crimen, se llevaron una terrible decepción al descubrir a la pequeña trabajando diligentemente con las teclas de la caja registradora. ¡Estaba guapísima!...

–Aquí no ha pasado nada, señores, aquí no hay ningún cri-

Immediately, the journalists granted the wishes of the crowd, they hooked up with the station's wavelength. When the cameras focused on the girl, the journalist trotted out the same old questiona as always. And after a few moments of incredible tension for the spice vendors, the girl who did not take her gaze from the pumpkin seed, sweetly and mechanically exclaimed, *"I-I'm fine."*

Those present screamed shouts of jubilation when they heard the short and sweet response. Everybody whistled, applauded, laughed, yelled, and made all kinds of faces to look nice on the transmission. Others, more daring, send love messages to their better halves. The commander, for his part, declared with an artificial and hoarse voice that everything had been a lamentable confusion. The people were in agreement. Others affirmed that the incident wasn't so bad. *"This just added a bit of salt and pepper to the festivities." "Imagine what kind of shindig we've had with cameras and all that"... "I think this is something all us Salvadorans need. This type of misunderstanding should be repeated everyday all over the territory of El Salvador. Special greetings to the directors of A. R. N. of El Salvador. Hooray!... Republicans, ex-directors of the Republic, I only want to tell you that here are your people, Enjoyed, I mean joined together." "Hey, you, better let me have the mike."* Honorable president of Coena, *let's forget the honorable part, but lemme say that we, hic, we are, hic, the model of citizens that we have always wanted to have." "Let's go, boy, let's all sing together now: "Present! Present for the fatherland! Liberty is written in blood." " Let us suck sweat . Let us suck sweat and blood to fertilize El Salvador."*

To get them out of the way, the spice vendor brought from his pantry numerous cases of beer and invited everyone to drink free outside the establishment. Immediately, the crowd went out in a tremendous stampede. Poor Miss Tanchito, she had no other choice but to ask for forgiveness, but in reality, she was not convinced about any of this. She felt that something strange was going on. . . . . Thanks to all the nutritious components of pumpkin seeds, Miss Tanchito had developed an amazing sixth sense, and that's why no one could trick her. *"They all think I sucked the atol with my finger. Mmm, you hillbillies, I am not*

men.

–Un momento, sargento, un momento. Yo quiero saber por qué aquí los especieros no abrían la puerta.

–Ay, perdone, usté, señor comandante –dijo la especiera–, es que como estamos en época de fiestas, creímos que el relajo no era con nojotros.

–Un momento, un momento –dijo la vendedora de atol shuco–, aquí la niña está rara. Aunque está bien arreglada y bonita, yo la noto rara.

–Qué rara va estar. Si hoy está más chula que nunca, mire. Hasta se ha pintado la cara y hasta güele bien rico.

–¡Que le pregunten algo los periodistas, pues! ¡Que le pregunten!

–Sí que le pregunten, y de ser posible, que enciendan ya esa su cámara y que nos vayan grabando a todos diunavé.

–¡Sí! ¡Yo quiero salir en la tele!

–Yo también….

–Y yo . . .

De inmediato, los periodistas complacieron las exigencias de la muchedumbre, se conectaron vía microondas con el canal. Cuando las cámaras enfocaron a la niña, la periodista le hizo la trillada pregunta de rutina. Y después de unos instantes de tremenda tensión para los especieros; la niña quien no despegaba su vista de la semilla de ayote, exclamó dulce, entrecortada y mecánicamente: –*E...estoy bien.*

Los concurrentes gritaron llenos de júbilo ante una respuesta tan dulce y corta. Todos silbaban, aplaudían, reían, vociferaban, y hacían toda clase de muecas para aparecer graciosos en la transmisión. Otros más atrevidos mandaron mensajitos románticos a sus parejas. El comandante, por su parte, declaró con una voz artificial y ronca que todo había sido una lamentable confusión. La gente estuvo de acuerdo. Otros afirmaban que el incidente no había sido tan malo. *"Esto le puso la sal y la pimienta a la festivida." "Imagínense qué pachanga hemos vivido, hasta con cámaras de televisión y todo"*... *"Yo creo que esto nos hace falta a nosotros los salvadoreños. Este tipo de mal entendidos debieran de repetirse a diario en todo el territorio de El Salvador. Saludos especiales a los dirigentes de la A. R. N. de El Salvador ¡Vivaaaa!... Señores republicanos, ex dirigentes de la república, solo quiero decirles que aquí está su pueblo Riunit, digo*

such an old bat. God willing, one day we'll see to it that trash won't even have enough salt to put on a green jocote fruit."

With the money made during long years of ripping people off, the spice vendors had their future all worked out. They began to plan a secret trip to the mountains of Guatemala, when the mysterious designs of the universe revealed the true effects of the spell. No one ever found out what really happened . . . The last thing anyone heard was that the degenerate children of the spice vendors set up a tremendous bash in the public square. That shortly afterwards, narcotrafickers arrived at their village in Guatemala and nothing more was ever heard from them. That the pumpkin seed was lost when the crowd invaded the hosue, and that the astute spice vendor put another in its place, in part to maintain the spell, in part as not to alter the enchanted soul of the poor assistant who concentrated her last breath in the mysterious essence of the seed; and that way, she continued manipulating the cash register, indefatigably, intensely, with her finger turned purple, clammy and cold as death for various days.

riunido" *"Mejor prestame el micrófono, vos. Honorable, Presidente del Coena, gueno, olvidemos lo de honorable, pero déjeme decirle que nojotros, hip, estamos, hip, somos, hip, el modelo de ciudadanos que usted siempre anheló tener"* *"Vamos muchá, ahora cantémosle todos juntos: ¡Presentes! ¡Presentes, por la patria!"* *"Libertá se escribe con sangre"* *"Chupémomonos el sudor. Chupemos sudor y sangre para abonar al Salvador... "*

Para quitárselos de encima, el especiero sacó de su despensa abundantes cajas de cerveza y los invitó a todos a tomarlas gratis, afuera del establecimiento. De inmediato, la gente se retiró en tremenda estampida. La pobre doña Tanchito, no tuvo otro remedio que pedirles disculpas, pero en verdad no estaba convencida con el desenlace; ella presentía que pasaba algo raro... Gracias a los componentes nutritivos de las semillas de ayote, doña Tanchito había desarrollado un asombroso sexto sentido; y por eso, no cualquiera podía engañarla. *"Estos creyen que yo me chupó el atol con el dedo. Mmm, pero güechos, yo no soy tan chiche. Primero Dios que va ver un díya en que estas gentecitas no van a alcanzar ni la sal para un jocote".*

Con el dinero obtenido durante largos años de estafas, los especieros tenían su futuro asegurado. Comenzaron a planificar un viajecito secreto a las cordilleras de Guatemala, cuando los misteriosos designios del universo develaran los efectos reales del hechizo. Nunca se supo en realidad qué ocurrió. . . . Lo último que salió a la luz pública fue que los degenerados hijos del especiero se pusieron una tremenda "cirindanga" en un pueblo de Guatemala; que poco después los narcotraficantes llegaron a este pueblo y nunca más se supo de ellos; que la semilla de ayote se perdió cuando la muchedumbre invadió la casa, y que el astuto especiero se las ingenió para colocar otra en su lugar, en parte para mantener el hechizo, en parte para no alterar el ánima encantada de la pobre asistenta, quien concentró su último aliento en la esencia misteriosa de la semilla; y de esta forma, continuó manipulando la máquina registradora, incansablemente, afanosamente, con sus dedos amoratados, húmedos y fríos como la muerte, durante varios días.

NOPTICON CITY

Far beyond where I come from
there exist cybernetic forms
we call beings,
errant sihouettes
crystaline and fleeing forms
of possible fishes.
There fish swim,
they reproduce,
they die.
But they have neither transcendence.
nor physical materiality
in that cyberspace.

Leónidas Potosme crossed the bridge as fast as the tires on his convertible transporter could move. It was the fourth time he arrived there trying to escape the terrible anguish of having lost everything: stability, money, prestige. . . . But above all, he had it up to here with the annoying voice of the hidden computer that turned itself on every morning and pursued him everywhere he went: *"You had it coming. For breaking the panoptic norms of the system. Here no one can take on double or triple shifts. None of our assistants can degrade himself sweeping, washing or putting in extra hours cleaning the optical porcelain... However, we extend you twenty days... Twenty days to cancel your debt. And in the meantime, do us a favor: from now on take care of your image."*

He took 5000 express he kept in the floor mat of his convertible transporter. He would never be able to save any more. He adjusted his glasses to gaze at the distance that separated him from the Nautilus Bridge, which traversed a bottomless metal

CIUDAD NÓPTICON

Allá del lugar de donde vengo
existen entornos cibernéticos
que llamamos seres,
siluetas errantes
cristalinos y huidizos contornos
de posibles peces.
Allí los peces nadan,
se reproducen,
mueren.
Pero no tienen trascendencia,
ni materialidad física,
en ese ciberespacio.

Leónidas Potosme cruzó el puente tan rápido como se lo permitieron las llantas de su convertidor móvil. Era la cuarta vez que llegaba hasta allí tratando de escapar de la preocupación terrible de haberlo perdido todo: estabilidad, economía, prestigio... Pero principalmente, estaba harto de la perturbadora voz del Ordenador Obicuo que se activaba al amanecer y lo perseguía por todas partes: *"Te lo tenés merecido, por haber transgredido las normas panópticas del sistema. Aquí nadie puede hacer un triple trabajo. Ninguno de nuestros asistentes puede degradarse barriendo, lavando o haciendo horas extras en la loza óptica... ¿La deuda? Sabemos todo acerca de tu deuda y tu historial de impuestos sin pagar. Pero eso no es excusa. Has administrado mal tu tiempo y recursos. Te extenderemos, sin embargo, veinte días. . . un regalo de veinte días, para cancelar la deuda. Y mientras tanto, hacenos un favor: en adelante cuidá tu imagen."*

Leónidas extrajo 5000 express que guardaba en el piso del convertidor móvil. Todo su capital. Nunca más podría

garbage disposal in Nopticon City. And he only needed a few minutes. . . . Only three minutes for the daily tribulation to be done with. . . .

–I see you came early, Mr. Potosme.

The delegate turned off the keyboard. He took the keys from the young man's trembling hands, without muttering a word. And he looked at him with the strength of persuasion only a delegate or virtual agent could muster.

–It behooves us to fill out the forms immediately, Mr. Potosme. Everything is ready.

–This is everything I've got. I'm disgusted by the idea of leaving my position as the most successful reporter, the best employee of the Library of Babel. But above all, to have to live in a city of mindless beings who came out of a test tube.

–I remind you that you're bankrupt. All your salary goes to pay off the unpayable debt you racked up. You've been looking for extra hours in optic ceramics and elsewhere as a laborer. You know the rules. If the managers of the library or the newspaper found out, they could fire you.

–Yes. A newspaper I founded. A newspaper in which I was the major stockholder. My enterprise . . . , that enterprise that burned up after the fire. But I can't even remember. I can't remember anythig.

–That's the way things are, Mr. Potosme. It's better for you to get away for awhile. Maybe that will jog your memory, which you lost from some illness or just stress. Take it easy. Maybe someday you can come back and the scales will swing again in your favor.

–A long vacation with unreal beings. A long vacation with a mindless, soulless woman.

–Mr. Potosme, the place we offer you is much safer than this cold oil pipeline we call a city. Women? I understand yours ran off as soon as she found out about your money problems. You, yourself, already said she was a mannikin without feelings. The ones from Spectral City, however, are the real thing. Judge for yourself. Here's a picture of Leticia, the woman on the other side of this pipeline who paid to meet you. I think I did an excellent job.

ahorrar tanto. Ajustó sus gafas para contemplar la distancia que lo separaba del puente Náutilus, el triturador cibernético de chatarra más insondable de ciudad Nópticon. Y tan solo necesitaría unos instantes . . . Tan solo 3 minutos para acabar con su atormentador y cotidiano suplicio. Mas alguien se interpuso en su descabellado plan.

–Veo que ha venido temprano, Sr. Potosme.

El delegado apagó el tablero. Retiró las llaves de las manos temblorosas del joven, sin mediar palabra. Y lo miró con toda la fuerza de persuasión que podía provenir de un delegado o agente virtual.

–Es preciso que llenemos las formas cuanto antes, Sr. Potosme. Todo está preparado.

–Es todo lo que tengo. Me repugna tener que abandonar mi posición como el periodista más exitoso, el mejor empleado de la biblioteca de Babel. Pero, sobre todo, vivir en una ciudad de falsos seres, salidos de la fuente de un laboratorio.

–Le recuerdo que usted está en banca rota. Todo su salario sirve para abonar la deuda impagable que contrajo. Usted mismo ha buscado horas extras en la loza óptica y otros lugares en calidad de obrero. Conoce las reglas. Si los gerentes de la biblioteca o el periódico se enteran, podrían despedirlo.

–Sí. El periódico que yo fundé. El periódico del que fui el principal accionista. Mi empresa. . . . , esa empresa que se calcinó durante un siniestro . . . . Pero yo lo no recuerdo. No puedo recordar nada. Una deuda que firmé con los principales bancos durante un día que yo no recuerdo.

–Así son las cosas, Sr. Potosme. Le conviene alejarse por un tiempo. Quizá eso le haga recordar el pasado que seguramente se perdió por alguna enfermedad o tan solo por estres. Tome esto con calma. Quizá algún día pueda regresar y la balanza se vuelva a su favor.

–Será una larga vacación con seres no reales. Una larga vacación con una mujer sin mente, sin alma.

–Señor Potosme, el lugar que le ofrezco es más seguro que este frío oleoducto que llamamos ciudad. ¿Mujeres? Le recuerdo que su esposa lo abandó en cuanto supo de sus problemas económicos. Usted mismo me ha dicho que ella era un maniquí si sentimientos. En cambio, las de ciudad Espectral

–Yes, she does look like her. . . . She looks so much like her I feel like . . . like . . . .

–Just one minute, Mister Potosme –he knocked away his silicon gun. Don't make things harder for yourself. Leticia is waiting for you. At her side, you'll have a comfortable life. Don't mess things up even more than they are. Fill out these forms and I guarantee you won't notice any difference. That world is more real than you can imagine. If the clones have no souls, at least they have flesh. And many have good fortune. That's why they're privileged. They were marginalized until they went to live in a world no one knew about. A land that many are afraid to know about because they call them "children of evil," spawn of defiance, far from the divine laws that govern us. I am not going to argue about that. The important thing is that no police tracker will discover you . . . .

Not being able to see you in cyberspace. Walking along the shore of the fountain of shadows without your voice, without your hands or your scent. Not being able to name you while knowing you will be in the perpetual spectacle of mortuary birds, of beaks without contour, of spectral clones, of unsketched silhouettes that watch me, assault me with their toothless mouths, with their laughter of clowns. They think they're perfect. They surge forth from our bodies and now inhabit a free land, without forced labor or debts. God damn parasites! How I hate their toothless mouths! They must have sacrificed their teeth to accommodate the feeding tubes that ran down into their digestive systems. They were of poor quality. I read about it at the Library of Babel.

Lightning flashed. The sky was covered in a blanket of black wings. The shapes of wings were moving, letting an intermittent light seep through from time to time. Leónidas crossed the patio that led to the stairs of the Spectral City, thinking of her... remembering the women for whom he had lost everything. He was still on the first step when a voice buzzed along his back: "Leónidas, Rip the circuits out of your neck when you go down the stairs.

He examined his gun, and without fear placed it two centimeters below his artery. A silver thread fell between his hands.

son auténticas. Copias de nuestras mujeres, pero tienen fama de ser auténticas. Júzguelo usted mismo. Esta es la imagen de Leticia, la mujer al otro lado de este oleoducto quien pagó por conocerlo. Creo que he hecho un excelente trabajo.

–Sí se parece a ella... Se parece tanto que siento ansias de... de...

–Un momento Señor Potosme -le arrebató el arma de silicio. No empeore su situación. Leticia lo espera. A su lado tendrá una vida cómoda. Ahora no se complique más. Llene estos formularios y le garantizo que no experimentará ninguna diferencia. Ese mundo es más real de lo que imagina. Si los clones no tienen alma, por lo menos tienen carne. Y muchos, de ellos fortuna. Por ahora son privilegiados. Los marginaron tanto que progresaron en una tierra que nadie conocía. Una tierra que muchos temen conocer porque los llaman hijos del mal, engendros del desafío, alejados de las leyes divinas que nos rigen. Yo no voy a discutir eso. Lo importante es que ningún rastreador de la policía lo descubrirá...

No poder verte en el ciberespacio. Caminar en la ribera del manantial de sombras sin tu voz, sin tus manos ni tu olor. No poder nombrarte, aún sabiendo que te encontrás en el perpetuo espectáculo de pájaros mortuorios, de picos sin contorno, de clones espectrales, de siluetas sin esbozo que me miran, me asaltan y persiguen con sus bocas desdentadas, con su risa de payaso. Ellos se creen perfectos. Ellos surgieron de nuestros cuerpos y ahora habitan una tierra libre, sin trabajos forzados ni deudas. ¡Malditos parásitos! ¡Cómo detesto sus bocas desdentadas! Seguramente sacrificaron su dentadura al retirar el tubo proveedor que los alimentó durante su proceso de gestación. Eran de mala calidad. Leí sobre eso en la biblioteca de Babel.

Relampagueaba. El cielo se cubrió con un manto de alas negras. Los contornos de alas se movían dejando filtrar, de cuando en cuando, una luz intermitente. Leónidas atravesó el patio que conducía a las escalinatas de ciudad Espectro, pensando en ella... recordando a la mujer por la que había perdido todo. Aún estaba en el primer peldaño, cuando a sus espaldas vibró una voz:

–Leónidas, arrancá los circuitos de tu cuello al bajar la escalinata.

He was free!... No tracker from the Nopticon system could find him.

At that instant, she appeared... Projected in his eyes was the image of the same woman he had pined for everyday, but he knew she wan't real. She was only unnnatural creation. A mortal sin conceived in the main multiplier of a lab. Putting aside any newfound feelings, he stretched out his hand without expressing any emotions, without uttering a single word. She gazed upin him anxiousl, since she paid 3000 express to meet him.

– *We women of Spectral City yearn to have children with a flesh and blood human like you.* –She exclaimed, while she fixed her pure golden pupils on Leónidas.

–Not being able to see you. Not being able to stretch out next to your naked body again . . . is like sailing in the darkness, like being shipwrecked on the mysterious Sea of Bitterness, without hope of finding a new port, without the promise of gazing upon the two beautiful suns that dawn in your pupils.

She didn't begrudge his silence. She had never known a human born of woman, those who appeared in foreign commercials or in illustrations of science journals, those who once prounounced bigoted words against all the inhabitants of Spectral City, in some way it seemed normal that he appear palled, unconnected, absent. She took him by the hand. They walked together down a narrow lane where silhouettes of errant birds fed on alhuashte, ground pumpkin seed. Leticia ground the seeds everyday and waited in the park just to feed them.

–Now they have a new friend. You'll have to feed them in my place.

Leónidas Potosme sat down stunned. The constant flapping became a deafening roar that disoriented his senses and he fell face first –as stiff and cold as a wind-up doll --over the giant carpet of alhuashte the errant birds voraciously devoured.

"Not being able to see you. Not being able to stretch out next to your naked body. . . ." "He's still breathing, the pressure must have affected him." "It's like sailing in the darkness . . . ." "Take him to the gas chamber. . . ." "Calm down, my love, calm down, it's Leticia, your new wife. . . ." "It's like being shipwrecked in

Examinó el arma, y sin temor alguno la colocó dos centímetros debajo de su arteria. Un hilillo de plata cayó entre sus manos. ¡Estaba libre!... Ningún rastreador del sistema Nópticon podría localizarlo.

Y en ese instante, apareció... Se proyectó ante sus ojos la misma imagen de la mujer que a diario añoraba, pero sabía que ella no era real. Tan solo era un engendro, un producto contranatura. Un pecado mortal concebido en el principio multiplicador de un laboratorio. Haciendo a un lado sus sentimientos encontrados, le extendió la mano sin expresar emociones, sin pronunciar ni una sola palabra.

Ella lo aguardaba con ansias, desde que pagó 3000 express a cambio de conocerlo. *"Las mujeres de ciudad Espectral ansiamos tener hijos con un humano de carne y hueso como vos."* Exclamó, mientras clavaba sus pupilas de oro puro en los ojos de Leónidas.

"No poder verte. No poder estrechar tu cuerpo desnudo otra vez... es como navegar sin luz, es como naufragar en el misterioso mar del Sinsentido, sin la esperanza de encontrar un nuevo puerto, sin la promesa de contemplar los dos hermosos soles que amanecen en tus pupilas." No le reprochó su silencio. Ella nunca había conocido a un humano nacido de mujer; de esos que aparecían en los comerciales importados o en las ilustraciones de revistas científicas, esos que alguna vez pronunciaron palabras discriminativas en contra de todos los habitantes de ciudad Espectro; de modo que le pareció natural que luciera pálido, desconectado, ausente. Lo tomó de la mano. Caminaron juntos por un estrecho camino donde las siluetas de pájaros errantes se alimentaban con alhuashte. Leticia molía las semillas a diario y acudía al parque tan solo para alimentarlos.

–Ahora tienen un nuevo amigo. Vos tendrás que alimentarlos en mi lugar.

Leónidas Postome se sintió aturdido. El aleteo constante se convirtió en un ruido ensordecedor que perturbó sus sentidos y cayó repentinamente de bruces -tan tieso y tan frío como un muñeco mecánico- sobre la gigantesca alfombra de alhuashte que picoteaban vorazmente los pájaros errantes.

"No poder verte. No poder estrechar tu cuerpo desnudo otra vez..." Todavía respira, la presión debió haberle hecho daño.

the mysterious sea of bitterness."... "He'd just come down to Spectral City." "It's like perishing in the exoteric fields of darkness."... "Start the decompression treatment."... "It's like laboring for centuries of centuries, in the everyday mud of Nopticon City."... "It looks like he's reacting."... "Doggedly battling the agents of extermination."... It looks like he's reacting."... "Tearing down the borders that alienate us from everything we are and everything we were."... "The birds viciously pecked at his ears."... "Without deserving it, the anticipated paradise of your body."

– *You had it coming to you. For breaking the panoptic norms of the system...*

Leónidas Potosme woke up in a dark room without windows, furniture, with no other company besides the half-strangled weak voice that vibrates from deep within, like a whisper installed in his ears:

There in the place I come from
Hundreds of branchs make music
With the complicity of the wind
very ancient symphonies,
inscriptions of symbols,
musical blasts,
ancestral boogies,
created for a new a decadent world
a new world with echoes of death
and ancient decrepit shadows.
A world of shapes that no longer exists.

There in the place I come from
every afternoon there explode,
like instant clouds,
like white feathered carpets
like white winged carpets,
multitude of errant birds.

A sliver of light poked in through the partially open door.

"Es como navegar sin luz... Trasládenlo a la cámara de gas..."
Tranquilo, mi amor, tranquilo, soy Leticia, tu nueva esposa...
"Es como naufragar en el misterioso mar del sinsentido..."
Acaba de bajar a ciudad Espectro. "Es como perecer en los
exotéricos campos de la tiniebla..." Inicien el tratamiento por
descompresión... "Es como laborar por los siglos de los siglos,
en la loza común de ciudad Nópticon..." Parece que reacciona...
"Batallar incansablemente contra los agentes del exterminio..."
Parece que reacciona... "Derribar las fronteras que nos alejan de
todo cuanto somos y de todo cuanto fuimos...." Los pájaros le
picotearon gravemente las orejas... "Sin merecer por ello, el paraíso anhelado de tu cuerpo..."

–*Te lo tenés merecido. Por haber transgredido las normas
Panópticas del Sistema. . .*

Leónidas Postome despertó en una habitación oscura sin
ventanas, sin muebles, sin más compañía que la voz entrecortada y débil que vibraba desde muy dentro, como un susurro
instalado en sus oídos:

Allá en el lugar de donde vengo
Centenares de ramas entonan
Con la complicidad del viento
antiquísimas sinfonías,
encriptaciones de símbolos,
 musicales ráfagas,
ancestrales comparsas,
creadas para un mundo nuevo y decadente
un mundo nuevo con ecos de la muerte
y antiguas sombras decrépitas.
Un mundo de contornos que no existe.

Allá del lugar de donde vengo
cada atardecer estallan,
como nubes instantáneas,
como alfombras de pluma blanca,
como alfombras de blanca ala,
multitud pájaros errantes.

Una luz tenue que se filtró por la puerta entreabierta, le per-

It confirmed that there was no furniture, only a large mirror mysteriously suspended in the air, in the middle of which could be found a dark message, recently painted in gray-colored clay. For some strange reason, his tongue longed to lick that dark powder. Slowly, his tongue approached, and at that very momento, he discovered that he was not alone. Behind him, someone squatted noisily devouring food contained in various clay bowls. For a moment, he thought it was a wild animal, but the light intensified and he was able to figure out that was a completely naked trembling man who anxiously licked the bowls, his hands and even the crumbs that fell on the ground. He tried to get his attention, he asked various times where he was staying, and only the echo of the room reintegrated his unanswered questions.

In some fashion, that picture looked real. He knew he was dealing with an ingram, a scene stamped on his mind: nightmares, memories, far away images; episodes corresponding to an inaccessible past. It wouldn't be strange --years ago he was diagnosed with psychogenic amnesia, for which he took a prolonged treatment without effective results. Sooner or later, memories suddenly hit him.

The man finished his food and laid down in a fetal position. Leo took advanatage of the moment to focus in on him, he delicately parted the bangs that covered his forehead, and discovered that he was gazing at himself. Impossible! He went back to the mirror to prove he wasn't a victim of hallucinations and taken prisoner by panic. He ran down a long corridor that was becoming ever more narrow, ever more narrower, until the walls imprisoned him. It was there where he heard the voice again:

There in the place where I come from
errant birds
convoke with their insatiable beaks,
and rapidity of fire,
to demand the primordial food,
consecrated to the principal ancestor

mitió confirmar que no había muebles, tan solo un largo espejo suspendido misteriosamente en el aire, en cuyo centro se encontraba un oscuro mensaje, pintado recientemente con barro color gris. Se sintió atraído. Por una extraña razón su lengua deseaba lamer ese oscuro polvo. Lentamente, acercó su lengua y en ese preciso momento descubrió que no estaba solo. Tras de sí, alguien en cuclillas devoraba ruidosamente los alimentos contenidos en diversos cuencos de barro. Por un momento pensó que se trataba de un animal salvaje, pero la luz se intensificó y pudo comprobar que se trataba de un hombre completamente desnudo y trémulo quien con ansiedad lamía los cuencos, las manos y hasta las bruscas que caían en el suelo. Intentó llamar su atención, le preguntó repetidas veces en qué lugar se encontraban, y solo el eco de la habitación le reintegró sus interrogantes sin respuestas.

De alguna manera, ese cuadro le resultaba familiar. Sabía que se trataba de una escena impresa en su mente: pesadillas, recuerdos, lejanas imágenes, episodios correspondientes a un pasado inaccesible. No sería extraño. Años atrás le diagnosticaron amnesia psicogénica, por lo que tomó un tratamiento prolongado sin resultados efectivos. Tarde o temprano, los recuerdos caerían de golpe.

El hombre terminó sus alimentos y se echó a dormir en posición fetal. Leo aprovechó este momento para enfocarlo mejor, apartó delicadamente el flequillo que cubría su frente, y descubrió que se trataba de sí mismo ¡Imposible! Retornó al espejo para comprobar que no era víctima de una alucinación y presa del pánico corrió a través de un largo corredor que fue tornándose más angosto, más angosto, más angosto, hasta que las paredes lo aprisionaron. Fue allí cuando escuchó de nuevo la voz:

Allá del lugar de donde vengo
los pájaros errantes
concurren con sus picos insaciables,
y su rapidez de fuego,
para exigir el alimento primordial,
el ancestral principio concebido

during the copious rain of corn
and pumpkin seeds.
When mysterious hands
gatherered it all up
in a sylvan valley
of swaying plantations,
of infinite entwined vines.
When mysterious hands
crushed pumpkin seeds
in gigantic morters
shaped like snails.

    There in the place where I come from,
    pumpkin seeds germinate
    upon rocky sediments,
    thickened with algae
    emanations of time.
    And from the shadows,
    an errant bird awaits,
    scrutinizing her house,
    profaning our medula.
    Stalking,
    always stalking,
    until the moment calls out:
    multiplications of leaves,
    congregations of flowers.
    the immemorial lineage of pumpkins
    that belongs to us.

He was about to scream to shut out the voice that seemed to spring from his head. He pounded the walls that constrained him and they yielded spontaneously, bringing to his eyes a sign suspended in the air. The sign contained an arrow and a brief message: Pumpkin Seed Room. Open . . .

Then, he pushed the ancient wall fragrant of mud mixed with humid spices: An aroma that embriagated his senses. He recognized it as a construction in ruins, with walls of tabby, an

durante la copiosa lluvia de maíces
y semillas de ayote.
Cuando misteriosas manos
lo recolectaron todo
en un silvestre valle
de ondulantes plantaciones,
de enredaderas infinitas.
Cuando misteriosas manos
maceraban el alhuasthe
en gigantescos molcahetes
en forma de caracol.

Allá del lugar de donde vengo,
las semillas de ayote germinan
sobre sedimentos de roca,
espesura de algas
emanaciones del tiempo.
Y desde la sombra,
un pájaro errante espera
escudriñando nuestra casa,
Profanando nuestra médula.
Acechando
acechando siempre,
hasta que el minuto convoca:
multiplicaciones de hojas,
congregaciones de flores,
el inmemorial linaje de ayotes
que nos pertenece.

Estaba a punto de gritar para acallar la voz que parecía brotar de sí mismo. Golpeó las paredes que lo constreñían y estas cedieron espontáneamente, dejando al descubierto un rótulo suspendido en el aire. El rótulo contenía una flecha y una breve indicación: Salón Alhuashte. Abre. . .

Entonces, empujó la antigua pared olorosa a barro mezclado con hierbas húmedas. Un aroma que embriagó sus sentidos.

ancient material that until then had only been seen in the walls of the Library of Babel. The fall lifted up a cloud of dust that impeded his view for a moment. Far, very far away, he spied a group of ships that drew near. He couldn't believe it. The Pumpkin Seed Room was, more than anything else, an extensive wasteland covered with numerous aquatic flowers that possessed phosphorescent crowns. On board the ships traveled little figures covered with hoods, they were numerous children who carried lit candles and sang children's songs:

I don't know. I suppose she's over there
grinding all those pumpkin seeds,
trying out the honey so sweet

They didn't seem real. He had the impression they were all characters belonging to the third level of a great painting. Soon, he found out they weren't children but old men, bent over and wizened by the passing of time. The tone of their voices died down as soon as he approached the cargo zone. One of the old men gave him a rather large candle; and them, he joined the interminable procession of hooded men who as they melded into the mass, sang solemn canticles, of an indecipherable nature. Little by little, the scrub swallowed them up completely, and with them the last spark of light.

Leónidas protected the light of the gift with his hands. The blasts of wind grew stronger, struggling with the flame; and in that instant, he perceived that his hands did not bear a candle, but a long and repulsive femur. He tried to cast it off. But that was an impossible act; he was inexplicably stuck to that filthy and funereal piece of waste. The femur weighed so much, or its force of attraction was so strong that it suddenly dragged it, completely burying him in the mud.

--Who are you? Let me go!

--I told you that you wouldn't go far. The oblique computer controlled the real world, even the filthy sties of the underworld.

One of his jailers took off the hood that had covered his whole head. He continued struggling to free himself from the ropes

Reconoció que se trataba de una construcción en ruinas, con paredes de bajareque, un material antiguo que hasta entonces solo había contemplado en las pinturas de la biblioteca Babel. La caída levantó una nube de polvo que durante un momento le impedió la clara visibilidad. Lejos, muy lejos divisó un conjunto de barcas que se aproximaban. No podía creerlo. El salón Alhuashte era más bien, un extenso pantano colmado por numerosas flores acuáticas que poseían corolas fosforescentes. En las embarcaciones viajaban pequeñas figuras cubiertas con capuchas, eran numerosos niños que portaban velas encendidas y entonaban canciones infantiles:

Yo no lo sé. Andará por ahí.
moliendo el alhuashte,
probando la miel.

No parecían reales. Tuvo la impresión de que todos ellos eran personajes pertenecientes al tercer plano de un gran cuadro. Pronto descubrió que no se trataba de niños, sino de ancianos empequeñecidos y encorvados con el paso del tiempo. El tono de sus voces mutó a medida que se aproximaban a la zona del desembarque. Uno de los ancianos le entregó una vela bastante larga; y luego, se unió a la procesión interminable de encapuchados quienes internándose en la espesura, entonaban cánticos solemnes, de naturaleza indescifrable. Poco a poco, la maleza los tragó por completo; y con ellos se esfumó la última chispa de luz.

Leónidas protegía con sus manos la luz del obsequio. Las ráfagas arreciaban disputándole la llama; y en ese instante, advirtió que sus manos no sostenían una vela, sino un largo y repulsivo fémur. Intentó soltarlo. Mas esto fue una operación imposible; inexplicablemente estaba pegado a ese inmundo y fúnebre despojo. El fémur cobró tanto peso o fuerza de atracción que lo arrastró súbitamente, hundiéndolo por completo en el fango.

–¿Quiénes son ustedes? Déjenme salir.

–Te dije que no llegarías muy lejos. El ordenador obicuo controla el mundo real e incluso las pocilgas del inframundo.

Uno de sus carceleros le quitó la capucha que hasta entonces

that bound him to a metal chair. On the minute, the bird emitted a screech that was alien to every screech in the world, a strident whistling alien to every whistling in the the world, a tic tac that annoying clacked against his senses until exacerbation.

–We need the key. Hand over the numeric key for orthogrphic symbols.

–The what?

–We know you have it. You worked in the Library of Babel.

–I don't know what you're talking about.

–A camera recorded you when you deciphered the key, and then, you erased it from the system. We couldn't trace it. Tell us what the key is.

–Don't understand what you're talking about.

–I'll tell you one more time. If you give us the key, you'll be free and we'll even forgive your debt. If not, you'll pay the price.

–Gentlemen, I already told you the truth. I don't remember anything.

–Perhaps he's right. Let's roll the virtual memory projection. But seal it first. We can't afford to lose it in the kinetic interface.

A pair of burly men untied his arms and held him firmly, while a third passed an imperceivable ray between his eyebrows. He forced it open. And with that, a mysterious voice whispered inside him:

–Relax, expell your anxieties, the transgressions of your mouth forever.

The voice seemed familar to him. He desired with all his heart to end things with th eagents who held him prisoner. It didn't matter if in the attempt he lost himself, but the whispering voice finally lulled him to sleep.

His swollen body splayed out slowly letting him feel the suction of muscles, skin and vertebrae, while hundreds of voices resounded within him, in ths room, everywhere and nowhere it seemed and not one was different and not one was unintelligible and not one could be understood as anthing more than a deafening hail from the bird hanging from the lamp. Its flapping vibrating so annoyingly and close in his ears that he wished scare it away with his own hands. Hands of clay so impractical

le cubría cabeza. Continuó forcejando para librarse de las sogas que lo ataban a una silla de metal. Sus carceleros tenían el rostro encubierto. Sobre la mesa se reflejaba un tenue resplandor; este provenía de una lámpara de techo en forma de pájaro cuyo pico sujetaba un largo reloj de cadena. Cada minuto el pájaro emitía un graznido ajeno a todos los graznidos de este mundo, un estridente silbido ajeno a todos los silbidos de este mundo, un tic tac que calaba perturbadoramente en sus sentidos, hasta la exacerbación.

–Necesitamos la clave. Entreganos el número clave de símbolos ortográficos.

–¿Qué?

–Sabemos que lo tenés. Vos trabajaste en la biblioteca de Babel.

–No sé de qué me están hablando.

–Una cámara te grabó cuando descifraste la clave, y luego, la borraste del sistema. Nosotros no pudimos rastrearla. Decinos cuál es la clave.

–No entiendo de qué hablan.

–Te lo diré una vez más. Si nos entregas la clave quedarás libre e incluso perdonaremos tu deuda. De lo contrario, pagarás el precio.

–Señores, yo les dije la verdad. Lo juro. No recuerdo nada.

–Quizá tenga razón. Descencadenaremos la proyección virtual de recuerdos. Pero antes séllenlo. No podemos perderlo en el interface cinético.

Dos hombres robustos desataron sus brazos y lo sostuvieron con firmeza, mientras un tercero marcaba su entrecejo con un rayo imperceptible. Forcejeó. Y en eso, una voz misteriosa susurró en su interior: "relájate, expulsa para siempre los disturbios, las trasgresiones de tu boca." La voz le resultó familiar. Deseaba con el alma acabar con los agentes que lo aprisionaban. No importaba que en el intento se perdiera a sí mismo, pero el susurro de la voz terminó por adormecerlo.

Su cuerpo enconchado se despegaba lentamente pudiendo sentir la succión de músculos, de piel y vértebras, mientras cientos de voces resonaban en su interior, en la habitación, en todas partes; y ninguna se parecía; y ninguna era diferente; y ninguna

and useless in a negated reality, forever, and from before time, at his light aqua eyes. He couldn't believe it. At that moment, he only focused on shadows. Numerous phantoms or shadowy beings detached themselves from a toasted full moon, as round as the tortilla someone left forgotten on the surface of the ceiling. They were phantoms with thirsty and insatiable mouths, as insatiable as his own, because Leónidas remembered the image of his own mouth, so voracious and determinely open to the roundness of a ceramic bowl that he did not stop licking and relicking like a primary and irrepressible order:

–Eat. Savor. Clean the ceramic, from beginning to end.

Until a shadow knocked the bowl away from him, and then he could perceive other ceramic ware like his, other mouths, other hands, other bodies multiplied to infinity. All executing a simultaneous order. All hung in fetal position over an incredible place, a type of highway lit up by small lights that lost themselves in the distant horizon.

–So this is it -he exclaimed- So this is what happens every time I eat. No. It can't be. This is . . .

The softness of open and invisible lips slid over his mouth. And again he heard that unstoppable interior voice.

There from the place where I come from,
all the inhabitants fear its wrath.
They all know that they cover it in their wings
the spawn procreated
in a world of lunacy and
instantaneous offensives.
A world where life
doesn't need industrial mechanisms,
copper uteruses,
nor the abrupt formula
that defies, according to them,
the birth of the true dawn.

There in the place where I come from,
everyone fears its wrath,

era inenteligible; y ninguna podía entenderse más que el graznido ensordecedor del pájaro desprendido de la lámpara. Su
aleteo vibraba en sus oídos, tan fastidioso y cercano, que quiso
ahuyentarlo con sus propias manos. Unas manos de argamasa
tan imprácticas e inútiles en una realidad negada, para siempre,
y desde siempre, a sus claros ojos acua. No podía creerlo. En
ese instante, solo enfocaba sombras. Numerosos fantasmas o
ensombrecidos seres se desprendían de una tostada luna llena,
tan redonda como la tortilla que alguien dejara olvidada en el
firmamento de un cielo raso. Eran fantasmas de bocas sedientas
e insaciables, tan insaciables como la suya, porque Leónidas recordaba la imagen de su propia boca tan voraz y resueltamente
abierta a la redondez de un cuenco de barro que no cesaba
de lamer y relamer, como una orden primaria e irreprimible:
"Come." "Saborea." "Limpia el barro, desde el principio hasta
el final."

Hasta que una sombra le arrebató el cuenco, y entonces percibió otras vasijas similares a la suya, otras bocas, otras lenguas,
otras manos, otros cuerpos multiplicados hasta el infinito.
Todos ejecutando una orden simultánea. Todos tendidos en
posición fetal sobre un lugar increíble, una especie de autopista iluminada por pequeñas candilejas que se perdían en el
lejano horizonte. "Con que es esto" -exclamó- "Con que es esto
lo que ocurre cada vez que como. No. No puede ser. Esto es. . ."
La suavidad de abiertos e invisibles labios se deslizaron por su
boca. Y de nuevo escuchó esa irreprimible voz interior:

Allá del lugar de donde vengo,
todos los habitantes temen a su ira.
Todos saben que abrigan en sus alas
los engendros procreados
   en un mundo de locura y
   ofensivas instantáneas.
Un mundo donde la vida
no requiere mecanismos industriales,
úteros de cobre,
ni la súbita fórmula
que desafiara, según ellos,

because they know
because we know,
they were conceived
by a Superior Power,
alien to all plans, to all sketches and will,
traced out by the Oblique and Repressive Computer
They all know that its wrath,
fire of snowy flame,
burns
in the bonfire of absolute immunity.
They all know that its wings cross beyond the limits of mystery
and its very appearance calls forth the arrival,
the uncertainty
of a nocturnal sky.

When the numerous shadows shut their eyes, the highway slowly turned off, one by one, its litle lights. Only Leo remained alert. He hoped the highway would plunge into a dream of twilight; and then he ran like crazy looking for the agents of torture. From a distance, he could hear their laughter, their sentences charged with sarcasm and denial; and at the base of that concert, the flapping of the bird, its maddening screech.

He wanted nothing more in the world than murdering. That was the dream of many: exterminating, the sooner the better, the agents of torure; but the anger contained in his hands was useless. His intentions were impractical for a shape dominated by chaos and fleeting shadows. At times, his hands seemed to lose strength. At times, his fingers felt humid, sticky and slippery shapes. he didn't know what to do with them. Some objects jumsped out of his hands, escaping on contact as if they were lumps of gum. Unhinged. Tormented. A prisoner of confusion, he tried to eliminate himself; but at that instant, the ground snaked pushing him toward a bed that chained him completely.

–We want the number of orthographic symbols.

–I don't know what you're talking about. Release me.

–I will tell you once more: we want the number of ortho-

el nacimiento de la auténtica madrugada.

Allá en el lugar de donde vengo,
Todos temen a su ira,
porque saben,
porque sabemos,
que fueron concebidos
por una fuerza Superior,
ajena a todo plan, a todo bosquejo y voluntad,
trazada por el Obicuo y represivo Ordenador.

Todos saben que su ira,
fuego de llama nívea,
arde
en la hoguera de absoluta inmunidad.
Todos saben que sus alas atraviesan la frontera del misterio
    Y su sola aparición convoca la llegada,
    la incertidumbre,
    de un nocturno cielo.

Cuando las numerosas sombras cerraron sus ojos, la autopista apagó lentamente, una a una, sus pequeñas candilejas. Sólo Leo permaneció alerta. Esperó que la autopista se sumergiera en un sueño de penumbras; y luego corrió como un loco en busca de los agentes de tortura. Desde la distancia, podía escuchar sus risas, sus frases cargadas de sarcasmo y repudio; y en el fondo de ese desconcierto, el aleteo del pájaro, su enloquecedor graznido.

Nada deseaba más en el mundo que asesinar. Ese era el sueño de muchos: exterminar cuanto antes a los agentes de tortura; pero la ira contenida de sus manos era inútil. Sus intenciones eran imprácticas para un entorno dominado por el caos y las huidizas sombras. A veces, sus manos parecían perder fuerza. A veces, sus dedos palpaban entornos húmedos, adherentes y resbaladizos. No sabía qué hacer con ellos. Algunos objetos saltaban de sus manos, escapaban al contacto como si fuesen pelotas de goma. Desquiciado. Atormentado. Preso por la confunsión intentó eliminarse a sí mismo; mas en ese instante, el

graphic symbols.

–I'm going to kill you, idiot, release me or...

His tongue passed through a rain of alibies, whose invisible hands occluded his interior, his throat, the frankness of his being, mercilessly infarcting the flow of his words. Other rations shook him, infringing upon him a sharp pain throughout his arteries. Inside his head, the fluttering of sinister wings... Breathe!... Invisible hands knocking over his bones. Breathe! ... Electricity embracing his innards. Release me!...

–Immediately rake the filth of your being... Please, release me!

Hundreds of open legs behind themselves... All the bodies in line, pressing one against the others, damned to despotic and rigorous immobility. An imperceptible force pushes them. The voice offers freedom to the snitch; to whomever succeeds in denouncing the seditious and sordid past of Leónidas. Hundreds of mouths denounced him. They all spoke in unison.

The wretch could scarecely withstand the indescriptible weight of so many bodies upon his fragile back.

–We want the number of orthographic symbols.

Leónidas thinks-- if only I could think . . . .

A discharge of embracing electric energy fills his backbone. His body rolls. He drops into the unfathomable darkness of an abyss that is not an abyss, into a death that is not a death, into a struggle that is not a struggle.

–You have had this coming. For defying the Panoptic Norms of the System.

Night still reigned. A burst of wind blew, tearing away the damamged sign that shamefully retained the almost vanished phrase: combustion of chilies r . . . Darkness skinned itself in its own dream, but now seemed diminished, lessened beneath the half moon tortilla of that someone forgot on the firmament of the ceiling. Leónidas opened his eyes. A tenuous brilliance nested in his mouth. Slowly, he tried to bring his fingers back to life; pushing the slats of a bed submerged in mystery. With demonic fury he wished to rip them apart. Imposible. His wrists remained tied with thick and unbreakable cords.

Until then, he noticed that his body was sunken in a warm

suelo serpenteó impulsándolo hasta una cama que lo encadenó por completo.

–Queremos el número de símbolos ortográficos.

–No sé de qué me hablan. Suéltenme.

–Lo diré una vez más: queremos el número de símbolos ortográficos.

–Te voy a matar, imbécil, dejame o...

Su lengua daba paso a una lluvia de alegatos, cuando manos invisibles ocluyeron su interior, su garganta, la franqueza de su ser, infartando sin piedad la fluidez de sus palabras. Otras tantas lo sacudían infringiéndole un dolor punzante a través de sus arterias. En el interior de su cabeza, el revoloteo de siniestras alas... ¡Respirar!... Manos invisibles desbarataban sus huesos. ¡Respirar!... Electricidad abrasando sus entrañas ¡Déjenme!... "Acribillá de una vez las inmundicias de tu ser" ... ¡Por favor, déjenme! Centenares de cuerpos sentados tras de sí... Centenares de piernas abiertas tras de sí... Todos los cuerpos en fila, comprimidos unos tras otros, condenados a la despótica y rigurosa inmovilidad. Una fuerza imperceptible los empuja. La voz ofrece libertad al delator; a aquel que pueda denunciar el sedicioso y sórdido pasado Leónidas. Cientos de bocas lo denuncian. Todas hablan al unísino.

El infortunado apenas puede soportar el peso indescriptible de tantos cuerpos sobre su frágil espalda. "Queremos el número de símbolos ortográficos" Leónidas, piensa, "si tan solo pudiera hablar..." Una descarga de energía electrocuta abrasadoramente su espina dorsal. Su cuerpo rueda. Se desploma en la oscuridad insondable de un abismo que no es un abismo, en una muerte que no es la muerte, en una lucha que no es su lucha. "Te lo tenés merecido. Por desafiar las normas Panópticas del Sistema."

La noche aún reinaba. Una ráfaga de viento sopló arrancando el averiado rótulo que, penosamente, aún retenía la casi desvanecida frase: *Combustión de chiles R...* La oscuridad resollaba en su propio sueño, pero ahora parecía menguada, dismunuida bajo el pedazo de tortilla de media luna que alguien olvidara en el firmamento del cielo raso.

and excessive moisture. His senses perceived the weight of another upon his torso, the embracing appetite of other lips sipping, exploring his agitated nudity. And then, he recognized her embrace. It was the embrace common to all the women of the world. The unrepeatable embrace for which he would give himself up without conditions nor reservations to an unending struggle of sweating, love bites, voluptuous emotions. Then, he recognized her respiration, it was the unrestrained moaning from the primitive night, the ciphered and primordial mystery detonating the madness.

–Enough. Who sent you. Enough. Tell me your name.

Her mouth of fire ardently sealed the litany of question without answers.

–Are you perhaps Porphyria? I could never accept anyone who was not Porphyria.

Then she retracted her lips. A tenuous spendor lit her up for a brief instant, while the intense fire of her mouth evaporated in long, intense, almost glacial sigh. Leónidas tried to prolong that vision, but a hand of intermitent lights violently slapped him down.

–There are too many questions. I'll wait for you at White Corn Hall tonight. If you have the wrong address, you won't see me.

Night became lost in splendor; splendor sunk forever into the insatiable beak of errant birds, who haughtily lay in wait over their nudity suspended in the Bitterness, over their inversimile version of what one day, was in Nopticon City, sad castoffs of mankind, dark shapes of sand, dust and ash.

An errant bird pursued him. Its pursuit carried him toward an extended platform among various buildings where he recognize again her silhouette, the inconfusable sound of shoes forever striding to their own rhythm. Then, he chased her. He urgently needed to contemplate her lips, her voluptuousness sculpted with slices of warm moon. The woman picked up the pace, while Leónidas unleashed a debate within himself, a heated argument against all the passionate voices that burst from his being, until multiple screens turned on from above.

Leónidas abrió sus ojos. Un tenue fulgor anidaba en su boca. Lentamente, intentaba reanimar sus dedos para empuñar los barrotes de una cama sumergida en el misterio. Con furia endemoniada deseó arrancarlos. Imposible. Sus muñecas permanecían atadas con gruesas e inquebrantables cuerdas.

Hasta entonces, advirtió que su cuerpo estaba hundido en una tibia y excesiva humedad. Sus sentidos percibieron el peso de otro torso sobre su torso, el apetito abrasador de otros labios libándolo, explorando su agitada desnudez. Y entonces, reconoció su abrazo. Era el abrazo común a todas las mujeres del mundo. El abrazo irrepetible por el que se entregaría sin condiciones ni reservas a una interminable contienda de sudores, mordiscos, voluptuosas emociones. Entonces, reconoció su respiración, era el gemido desencadenado desde la primitiva noche; era el misterio cifrado y primordial detonante de su locura. "Basta ¿Quién te envió? Basta. Revelame tu nombre." Su boca de fuego sellaba con ardor la letanía de preguntas sin respuestas. "¿Acaso sos Porfiria? Nunca podré aceptar a nadie que no sea Porfiria."

Entonces, retiró sus labios. Un tenue resplandor la iluminó un breve instante, mientras el fuego intenso de su boca se evaporaba en un suspiro largo, intenso, casi glacial. Leónidas intentó prolongar esa visión; pero una mano de luces intermitentes lo abofeteó con violencia. "Son demasiadas preguntas. Te espero en el salón *Maíces Blancos* esta noche. Si equivocas la dirección no podrás verme."

Lentamente, la noche se extravió en el resplandor; el resplandor se hundió para siempre en el pico insaciable de pájaros errantes, quienes acechaban soberbios sobre su desdunez tendida en el Sinsentido, sobre su inverosímil versión de lo que un día fue en Ciudad Nópticon, tristes despojos de hombre, oscuros contornos de arena, polvo y ceniza.

De pronto un pájaro errante lo perseguía. Su persecución lo transladó hasta una plataforma extendida entre varios edificios donde pudo reconocer nuevamente su silueta, el sonido inconfundible de los zapatos que marcaron desde siempre su propio ritmo. Entonces la persiguió. Necesitaba, con urgencia, contemplar sus labios, su voluptuosidad tallada con trazos

What shamefulness! Porphyria's nudity projected itself on the walls of all the buildings to announce her presentation in the Minotaur and Pasiphae scene, a place where the winner of the auction, the winner of the night, will enjoy her, in her private room.

"Shameless!" He screamed while he ran the other way, swearing to himself that he would never think of her again. He slipped. Streams of blood flowed down his face. Was all this part of a plot? It didn't matter what they did against him. This time, he would not pursue any image, any shadow, any phantom. He remained still for centuries of centuries. Exposions. Demolition of buildings in the distance. Thick clouds of dust clouding the atmosphere making visibility impossible. It didn't matter to him. He would continue with his plan, even if the explosions did away with the galaxies, even if the same word exploded a thousand times in his skull, even if blood flowed among the cracks in that dark nightmare, even if pain burst the seams, the invisible cords between his flesh and his tribulated soul.

–Cowards!, he thought. - What are they waiting for in order to annihilate me?

He then continued waiting for a time that left marks on his skin. Soon, he saw himself, tied to a wooden chair that descended down a well. He contemplated himself in the multitude of mirrors that surrounded him: Leónidas, turned into a bent over and decrepit old man like those who sailed on the ships of the swamp He observed his cheeks and lips dragged across hundred of straight pins. A disgusting image of himself. When the chair almost brushed against the side of the well, a phrase formed over the surface of the waters:

–You had it coming for defying the Panoptic Norms of the System.

A tear slipped down his cheeks. He made an effort to contain the silent rain of sadness because now, not even the pain, nor the landscape of confusions, nor the torture itself could break him. That was his plan. His torturers should know that whatever they did to the body, that for whatever reason it would

de tibia luna. La mujer apresuró sus pasos, mientras Leónidas desencadenaba un debate consigo mismo, una argumentación acalorada contra todas las voces pasionales que brotaban de su ser, hasta que las múltiples pantallas se activaron desde lo alto ¡Qué descaro! La desnudez de Porfiria se proyectaba en las paredes de todos los edificios para anunciar su presentación en el escenario Minotauro y Pasifae, lugar donde el ganador de la subasta, el vencedor de la noche, podría encontrarse con ella, disfrutarla, en su estancia privada.

¡Desvergonzada! Gritó mientras corría en reversa, jurándose a sí mismo que nunca más pensaría en ella. Resbaló. Goterones de sangre descendían en su rostro ¿Acaso era todo parte de un complot? No le importaba cuanto hicieran en su contra. Esta vez no perseguiría ninguna imagen, ninguna sombra, ningún fantasma. Permanecería inmóvil por los siglos de los siglos. Explosiones. Demolición de edificios a lo lejos. Espesas nubes de polvo nublaron la atmósfera impidiendo la visibilidad. No le importaba. Continuaría en su plan, aunque las explosiones acabaran con las galaxias, aunque la misma piedra reventara mil veces su cráneo, aunque su sangre corriera entre las grietas de aquella oscura pesadilla, aunque el dolor desatara para siempre la costura, los invisibles amarres entre sus carnes y su atribulada alma. ¡Cobardes!, pensó, ¿Qué esperan para aniquilarme? Entonces, continuó esperando por un tiempo que dejó marcas en su cutis, en la elasticidad y lozanía de su piel. De pronto, se vio a sí mismo, atado a una silla de madera que descendía hacia un pozo. Se contempló en la multiplicidad de espejos que lo rodeaba: Leónidas, se había convertido en un anciano encorvado y decrépito como aquellos que viajaban en las embarcaciones del pantano. Observó sus mejillas y labios atravesados por cientos de alfileres. Una imagen asquerosa de sí mismo. Cuando la silla casi rozaba la superficie del pozo, se formó una frase sobre la faz de las aguas: "Te lo tenés merecido por desafiar las normas Panópticas del Sistema."

Una lágrima resbaló por sus mejillas. Hizo un esfuerzo para contener la lluvia silenciosa de su tristeza; porque ahora, ni el dolor, ni el escenario de confusiones, ni la tortura misma podrían doblegarlo. Tal era su plan. Sus verdugos sabrían que

refuse to give up the secret key for orthographics symbols. He'd never heard such a crock of bullroar. It would be better to keep his mind blank because they could trace even that. Then he gave himself up to blankness without thought that he could contemplate with his eyes closed. Sihouettes, shining forms appeared in the new vision. A velvet pearline dress brushed against his head, his body suspended above a white feather cloud. He didn't react. He continued, hunkered down in limitless immobility.

–What rudeness, –whispered a voice in his ears.

–Rudeness. Rudeness. Whaa... ness. –it repeated, while the silk of phatasmagorical skirts brushed against his face inviting him to laughter, to caresses, to the color of another world.

Soon, his hands touched the ruins of an old wall. He clawed the sign that was still hanging: White Corn Hall. He read it full of emotion. the snowy whiteness prevented him from comtemplating the inside but he take charge of an object that seemed like a chair and another object that seemed like a table, and another object that seemed like a handbell. He rang it. Throughout the hall there resounded a sound like all the bells of this world. Then there emerged a large dish of soup in the middle of the table. Letters spun around to form the word: Wait for me... And that's what he did. With the greatest enthusiasm.

He yelled a series of insults with all the strength produced by hatred. A hand softly descended upon his shoulder:

–Calm down, mister. This is a public place.

He found himself again in the same hall, next to a waiter dressed in an impeccable white suit. The whiteness of the atmosphere kept him from contemplating the face of the newly appeared individual.

–May I offer you anything?

–No, just a wet washcloth and a mirror.

–We don't have a mirror. They were confiscated in the latest raids by the State. One supposes that we shouldn't speak about this. Tell me. What can I get you?

–Tell me. Do I look very old to you?

–You look like you're in the prime of youth, if I may say so.

podían disponer de aquel cuerpo que por alguna razón se negaba a revelar el secreto ¿Clave de símbolos ortográficos? Nunca había escuchado semejante patraña. Mejor sería colocar su mente en blanco porque ellos podrían rastrear incluso hasta eso. Entonces, se entregó a la blancura sin pensamiento que podía contemplar con sus ojos cerrados. Siluetas, contornos resplandecientes aparecieron en la nueva visión. Una falda de perlino terciopelo rozó su cabeza; y su cuerpo tendido sobre una nube de pluma blanca... No reaccionó. Continuaba hundido en la inmovilidad sin límites. "Qué descortés" Susurró una voz en sus oídos. "Descortés. Descortés. Qué... tés" Repetía, mientras la seda de fantasmagóricas faldas rozaban su rostro invitándolo a la risa, a la caricia, al color de otro mundo.

De pronto sus manos tocaron las ruinas de una vieja pared. Limpió el rótulo que aún estaba colgado: Salón Maíces Blancos. Leyó, lleno de emoción. La blancura nívea le impedía contemplar el interior, pero pronto logró apoderarse de un objeto que parecía silla y de otro objeto que parecía mesa, y de otro objeto que parecía campanilla. La agitó. Y por todo el salón se extendió un sonido parecido a todas las campanillas de este mundo. Entonces, emergió un platón de sopa en el centro de la mesa. Unas letras giraron hasta formar la palabra: *Esperame...* Y eso fue lo que hizo. Con el mayor de los entusiasmos

Luego, de esperar gritó una serie de insultos con toda la fuerza producida por el odio. Hasta que una mano descendió suave sobre su hombro:

–Señor, tranquilícese. Está usted en un lugar público.

Se encontró de pronto en el mismo salón, al lado de un camarero vestido con impecable traje blanco. La blancura del ambiente le impidió contemplar el rostro del recién aparecido.

–¿Le puedo ofrecer algo?

–No, solo una toalla húmeda y un espejo.

–No tenemos espejo. Los decamisaron todos en los últimos allanamientos del Estado. Se supone que no debemos hablar sobre esto. Dígame, ¿Qué le traigo?

–Dígame, ¿Le parece que estoy muy viejo?

–Usted parece estar en su primera juventud, si me permite decirlo.

–Are you kidding? I feel as wrinkled as a prune.

–Observe the skin of your hands, of your arms. It's a fresh skin, corresponding to your age. What may I serve you?

–I can't order yet. I'm waiting for someone, a woman...

–I understand. I'll advise you as soon as she arrives. For now please try the specialty of the house: a bowl of atol shuco. It's on the house.

He noticed the gray liquid stained with drops of alhuashte, a small gourd receptacle with beans and another with red chile sauce. For some reason, he didn't feel like having any. For some reason, he didn't feel like having anything in the world. It was inexplicable. He couldn't remember if in any moment of his life he had ingested food except for strange occurences in which he saw himself licking a ceramic bowl. He sighed. He tried to bring to mind more positive thoughts such as believing that she would carry out the promise of attending the date; just as she had announced. It wasn't a promise. He knew that. But in the future he would prefer to remember it that way. Then he lay his head upon the chair's headrest and noticed through the glass ceiling the unending future: The day, twilight, sunset, nightfall and sunrise of all nightfalls. The waiter, attentive, stepped away and brought new bowls of atol shuco, while he repeated the same sentence: "It's on the house."

One fine day, Leónidas definitely tired. He decided to write something, without stopping laughing. He wrote a long and mysterious letter to the extermination agents. No one ever knew the contents. And he wrote another without envelopes or stamps to Porphyria:

Porphyria didn't make it to the date

Without a snack, without breakfast.

Porphyria, why do you make my soul bleed?

Immediately, a fleet of agents detained him. They dragged him though a hallway without letting him breathe, a labyrinth of unending forms and crags, where invisible hands tortured him, they dragged him by his shoulders and returned him to the common pit of unending lamentation, where every night he descended tied int a wooden chair, so slowly, that he could see

–¿Usted bromea? Me siento tan arrugado como una ciruela pasa.

–Observe la piel de sus manos, de sus brazos. Es una piel fresca, correspondiente a su edad. ¿Qué le sirvo?

–No puedo pedir. Espero a alguien, una mujer. . .

–Entiendo. Le avisaré en cuanto llegue. Por ahora pruebe nuestra especialidad: un huacal de atol de shuco. Corre por cuenta de la casa.

Observó el líquido gris pringado con gotas de alhuashte, un pequeño recipiente con frijoles y otro con salsa de chile rojo. Por alguna razón, no le apetecía. Por alguna razón, no le apetecía nada de este mundo. Era inexplicable. En ese instante, no recordaba si en algún momento de su vida había ingerido alimentos, a no ser por esas oscuras escenas en las que se veía a sí mismo lamiendo un cuenco de barro. Suspiró. Y haciendo un esfuerzo, intentó traer a la mente pensamientos más positivos como el de creer que ella cumpliría con la promesa de asistir a la cita; tal y como se lo había anunciado. No era una promesa. Lo sabía. Mas en el futuro preferiría recordarlo de esa manera. Entonces, recostó su cabeza sobre el espaldar de la butaca y observó a través del techo de cristal el devenir interminable: el día, la penumbra, el ocaso, el atardecer y el amanecer de nuevos ocasos.

El camarero, atento, retiró y trajo nuevos huacales de atol shuco, mientras repetía la misma frase: corre por cuenta de la casa.

Un buen día, Leónidas definitivamente cansado, se resolvió a escribir algo, sin poder contener su repentino ataque de hilaridad. Escribió una larga y misteriosa nota para los agentes del exterminio. Nadie supo nunca del contenido. Y escribió otra, sin sobres ni sellos para Porfiria:

Porfiria no acudió a la cita

Sin merienda, ni desayuno.

Porfiria, ¿Por qué me sangras el alma?

De inmediato, una flota de agentes lo detuvo. Lo arrastraron sin derecho de respirar por un pasillo, intrincado de bultos y peñascos interminables, en donde invisibles manos lo sarandeban, lo torturaban y finalmente, lo devolvieron, al foso

himself as statues, in the walls, covered with mirrors. There was no need to tie him. He barely hadf enough strength to contemplate the ancient, wilting, back and decrepit being who little by little, was fading away in that chair.

–Your treatment has ended, Mr. Potosme.

He looked at him unenthusiastically and sunk his head into his shoulders. The newly appeared man helped him up immediately, because he was about to fall on the marble floor. The nurses had taken off the straight jacket and other security items, which they placed around the chair. he didn't say a single word. Leónidas gasped to acquire patience once again.

–I understand your treatment has been very intense, Mr. Potosme. It has been necessary to engage the assistance of various specialists to pull you out of this critical state into which you have fallen, but finally you've overcome it. All you need do is to sign the documents with the social worker so they can discharge you.

–Documents?

–Yes. Someone else paid for your treatment. The social worker will place you in your new domicile, as I understnad. But let me accompany you to his post.

He didn't want anything from that world dmaned to inconsistency and eventuality. He shut his eyes various times to see if everything changed when he opened them again; and everytime he found himself in a long corridor trafficked by visitors and nurses, from time to time, a waiting room with large glass windows. In the last one, she was there. The woman who paid $3,000 Express to marry him. He felt ashamed. She was the last person he wanted to see. A strange and inexplicable feeling burst out in his heart, and he would have wanted to flee to not ever have to speak to her again. He pushed the wheelchair by himself. A man in a full suit stopped him.

–Mr. Potosme, I'm in charge of rehabilitating you. Here are the documents so you can read them in detail. If you wish, I can visit you at your new residence to explain the terms to you or you can sign now.

He examined the roll of papers without illusions. He looked

común de lamentos interminables, en donde cada noche descendía atado en una silla de madera, a un ritmo tan lento, que hasta podía verse a sí mismo, como una estatua en las paredes recubiertas de espejos. No era necesario que lo ataran. Apenas tenía fuerzas para contemplar al anciano macilento, calvo y decrépito que, poco a poco, se iba extinguiendo en esa silla.

–Su tratamiento ha terminado, Sr. Potosme.

Lo miró sin entusiasmos y hundió su cabeza en el pecho. El aparecido lo sostuvo de inmediato, porque estaba a punto de caer sobre el piso de mármol. Los enfermeros habían retirado la camisa de fuerza y otros artefactos de seguridad que colocaron alrededor de la silla. No dijo una sola palabra. Leónidas respiraba con fuerzas para revestirse de paciencia una vez más.

–Entiendo que su tratamiento ha sido muy intenso, Sr. Potosme. Ha sido necesaria la ayuda de diversos especialistas para sacarlo del estado crítico en que cayó, pero finalmente lo ha superado. Solo falta que firme los documentos con el trabajador social para que le den de alta.

–¿Documentos?

–Sí. Alguien más pagó por su tratamiento. El trabajador social lo ubicará en su nuevo domicilio según entiendo. Pero déjeme escoltarlo hacia donde él se encuentra.

No deseaba nada de ese mundo condenado a la inconsistencia y eventualidad. Cerró sus ojos varias veces para averiguar si todo cambiaba al abrirlos; y se encontró siempre con un largo pasillo transitado por visitantes y enfermeros; de cuando en cuando, una sala de espera con ventanales de vidrio. En la última, se encontraba ella. La mujer que pagó $3000 express para casarse con él. Se sintió avergonzado. Era la última persona a quien deseaba ver. Un extraño e inexplicable sentimiento brotaba en su corazón, y hubiera querido huir para no tener que conversar nunca más con ella. Empujó la silla de ruedas por sí mismo. Y un hombre de traje completo lo detuvo.

–Sr. Potosme, soy el encargado de reinstalarlo. Aquí tiene los documentos para que los lea detenidamente. Si usted quiere puedo visitarlo en su nueva morada para explicarle los términos o puede firmar ahora.

Examinó sin ilusiones el legajo de papeles. Miró hacia el

toward the pane of glass at Leticia, his new wife who spoke like a man with dark glasses. Again he contemplated the escape plan. And to end the farse, he signed the papers without even reading one. When all was said and done, everything one could perceive or read got skewed in the process. As soon as he could, he would get divorced to reclaim part of the goods.

–I'm sorry about your wife.

–What do you mean?

–You may not know about the tragic incident. I'm sorry to give you the news... about... Well, your wife is... Well, it's hard to explain. You should know that a fire destroyed all the business's assets, including those that belonged to your wife. Everything was lost. The good part is that we managed to find a new residence. It's small. It's about...

Leóndias covered his ears with his hands and began to shout for him to leave him alone. A group of nurses ran over to inject him with a tranquilizer.

–Better take him to rehabilitation.

–Impossible. Insurance doesn't cover it. Take him immediately to his new apartment.

–I'll take care of the arrangments; and if possible I'll visit him to watch over his recovery.

It took a lot of work for him to adapt to a new lifestyle after they brought him home from the hospital to his new apartment, located in a slum. He didn't pay rent. In reality no one paid rent. In reality, no one paid anything. All the tenants lived there at their own risk since the last earthquake, when the authorities declared certain buildings uninhabitable; but some unscrupulous owners wrote them off as public charity. With this kind of charity, they didn't have to pay taxes.

That didn't bother him. He only knew that since his illness, he wasn't the same. He had fallen into a tangled space without order, without time, without sense. Every morning, shadows, specters, echoes and an inexplicable chain of images took control of his mind. He no longer remembered his old love. That face flourished in the daily sea of confusion; but later it diluted with the passing of bitter routine: waking, remaining with eyes

ventanal a Leticia, su nueva esposa, quien conversaba con un hombre de lentes oscuros. De nuevo contempló el plan de fuga. Y para acabar con la farsa firmó los papeles sin leer ni uno solo. Al fin y al cabo, todo cuanto percibía o leía se trocaba en el acto. En cuanto pudiera, se divorciaría para reclamar parte de los bienes.

–Siento lo de su esposa.

–¿Cómo dice?

–Es probable que usted no sepa nada del siniestro. Lamento darle la noticia. . . de. . . Bueno, su esposa está. . . Bueno es difícil explicar. Debe usted saber que el incendio arrasó con todos los negocios, entre ellos los que pertenecían a su esposa. Lamentablemente, no estaban asegurados. Se perdió todo. La parte buena es que hemos podido conseguir un nuevo domicilio. Es pequeño. Se trata de...

Leónidas tapó sus oídos con las manos y comenzó a gritar que lo dejaran en paz. Un grupo de enfermeros acudió en el acto para inyectarle un calmante.

–Es mejor que lo lleven a la sala de rehabilitación.

–Imposible. El seguro no lo cubre. Trasládenlo inmediatamente a su nuevo apartamento.

–Yo me haré cargo de los arreglos; y de ser posible, lo visitaré para vigilar su recuperación.

Le costó trabajo adaptarse a su nuevo estilo de vida, desde que lo trasladaron del hospital a su nuevo domicilio, ubicado en un barrio de mala muerte. No pagaba alquiler. En realidad, nadie pagaba. Todos los inquilinos vivían ahí, bajo su propio riesgo desde el último terremoto, cuando las autoridades declararon inhabitables ciertos edificios; pero algunos propietarios sin escrúpulos los destinaron a la caridad pública. Con esta caridad se libraban del pago de impuestos.

Esto no le preocupaba. Tan solo sabía que desde su enfermedad ya no era el mismo. Había caído en un enmarañado espacio sin orden, sin tiempo, sin sentido. Cada mañana, espectros, ecos y una inexplicable cadena de imágenes se apoderaban de su mente atormentada. Ya no recordaba a su antiguo amor. Esa figura afloraba en el cotidiano mar de la confusiones; pero luego, se diluía con el transcurso de la insulsa rutina: despertar,

open on a bed of bricks, checking the mail that someone left at his door, reading or throughing away messages of his only two correspondents: later, taking a look at Lety, his new wife, who remained asleep almost all the time due to the tuberculosis she contracted. She slept in an elegant coffin, the only furniture he could rescue from the fire; and finally, Leónidas opened the window to contemplate a firmament full of dreams related to his former profession. From time to time, he ended the routine with a scandalous fight, without apparent reason, with Leticia, who demanded he fulfill the basic function of all husbands. Something impossible in the state in which she was in. Something inconceivable, when the only feeling he felt toward her was disgust. Then, he took his coat and wandered all the streets of the city, until reflexions of dawn appeared in the sky .

In truth, he did not feel guilty. An irrational hatred for her poisoned his soul. A hatred that began when he discovered that her businesses –consisting of a shoe store, a furniture store and a funeral home– were completely lost. It wasn't an accident, agents Pro Uncia and Pro Libra mercilessly incinerated the businesses of anyone who did not pay taxes to the House of Coin. The fear of being expelled fomented impunity. The punishment was exile, and for that, there was no other recourse other than living in the exterior world where everyone wanted the clones to be destroyed, since they were considered as the abomination of modern times. To feed them or help them could result in divine wrath. Everyone knew that those who had at any time opted for exile, had been beaten down like mangy dogs, while the unleashed mob chanted psalms and prayers related to the purity of the blood and the postulates of authentic creation. It seemed that Leticia opted for a ruined building and rescuing her elegant coffin, antique candelabras and a large number of bricks that she could intelligently disguise as tables, sofas and chair, covering them with linen and tablecloths.

One certain day, the routine changed. He decided to turn the correspondence into napkins to clean the table and the dust accumulated on the wall. Their only correspondents were Camilo, head of the union and Lety's friend, who also cordially

permanecer con los ojos abiertos sobre la cama de ladrillos, recoger la correspondencia que alguien dejaba en su puerta, leer o tirar los mensajes de sus dos únicos remitentes; luego, echar un vistazo a Lety, su nueva esposa, quien casi todo el tiempo permanecía dormida debido a la tuberculosis que contrajo. Dormía en un elegante ataúd, el único mueble que pudo rescatar del incendio; y finalmente, Leónidas abría el ventanal para contemplar un firmamento cargado de sueños relacionados con su antigua profesión.

De cuando en cuando, cerraba la rutina con una pelea escandalosa, sin motivos aparentes, con Leticia, quien le demandaba cumplir con su deber fundamental de esposo. Algo imposible en el estado que ella se encontraba. Algo inconcebible, cuando la única sensación que le inspiraba era asco. Entonces, tomaba su abrigo y recorría sin rumbo fijo todas las calles de la ciudad, hasta que en el cielo aparecían los reflejos de la madrugada.

En verdad, no se sentía culpable. Un odio irracional por ella, le envenenaba el alma. Odio que empezó cuando descubrió que sus negocios -consistentes en una zapatería, una mueblería y una funeraria- se perdieron por completo. No fue un accidente. En esa ciudad, los agentes *Pro Uncia* y *Pro Libra* calcinaban, sin piedad, los negocios de aquellos que no tributaban regularmente en la Casa de la Monedita. El miedo a ser expulsados fomentaba la impunidad. El castigo sería el destierro; y de ser así, no habría otro remedio que habitar el mundo exterior donde todos deseaban la destrucción de los clones, seres considerados como la abominación de los últimos tiempos. Alimentarlos o apoyarlos podría arrastrar un castigo divino. Todos sabían que aquellos que alguna vez optaron por el destierro, habían sido destrozados a palos, como perros con sarna, mientras la turba desenfrenada entonaba salmos y oraciones relacionadas con la pureza de la sangre y los postulados de la auténtica creación.

Al parecer, Leticia optó por un edificio en ruinas y por el rescate de su elegante ataúd, candelabros antiguos y una buena cantidad ladrillos que inteligentemente pudo disfrazar como cama, mesas, sofás y sillas, cubriéndolos con forros y manteles de lino.

Cierto día, la rutina cambió. Leónidas decidió convertir la correspondencia en servilletas para limpiar la mesa y el polvo

invited them to visit his house and the hospital social worker, who wished to know his state of health. That same day, however, he discovered the letter from the firm, V.T. Voices without Truce, who were generating a contest for tabloid sensationalist news on Spectral City, the province occupied by clones. The prize was a considerable amount. Just what he needed to return to his previous life. Immediately he put his self to work.

–When are you going for my atol shuco? --Leticia asked from her coffin.

–I don't know. It's dark. I'm busy, as you see. But you have some atol from yesterday.

–¿And the birds, Leo? You haven't fed them for days. They might get mad.

–I'm busy. I've entered a tabloid news contest in Nopticon City and if I win . . . .

–What? You're going to leave me?

–Leave me alone, woman, I have to work.

–What you need to do is ask the neighbor to fill up some jugs of atol shuco for us, and sell it in the market like I did, while you were in the hospital and before I got sick. Better yet, you need to try some. It'll do you good because you're skinnier than an alley cat.

–Yuckkkkkkkk!

He was about to slap her silly. He'd wanted to do it since he found out about her dire economic condition, but Leticia's paleness and bad health had dissuaded him. In reality he enjoyed it. He pulsed with pleasure every time she had a coughing fit or vomited blood. No one imagined it. No one could explain how from that time until now he had turned into an uncontrolable monster. A burst of fragmented memories suddenly assaulted him, when he questioned himself, without finding a rational answer. Then, he shut himself into the bathroom to pound against the wall.

–I'm hungry, Leo. But I want some freshly made atol shuco.

–Ah, sure, why not? My pleasure, boss..

–I don't like your tone, you big jerk. If you don't want to work, at least take some alhuashte to the errant birds in the

acumulado en el ventanal. Sus únicos remitentes eran Camilo, jefe del sindicato y amigo de Lety, quien siempre le extendía una cordial invitación para visitar su casa y el trabajador social del hospital, quien deseaba saber sobre su estado de salud. Sin embargo, ese mismo día, descubrió la carta de la empresa *V. T. Voces sin Tregua*, que le había extendido las bases de un concurso consistente en grabar las noticias sensacionalistas que acaecieran en ciudad Espectral, la provincia habitada por clones. El premio ofrecido era una cuantiosa suma de dinero. Justo lo que necesitaba para retornar a su vida anterior. Y de inmediato, se puso manos a la obra.

–¿A qué horas vas por mi atol shuco? -Preguntó Leticia desde su ataúd.

–No lo sé. Es de noche. Estoy ocupado, como ves. Pero tenés un poco del atol de ayer.

–¿ Y los pájaros, Leo? Desde hace días que no los alimentás. Se pueden enojar.

–Estoy ocupado. Ha salido un concurso de noticias sensacionalistas en ciudad Nópticon y si gano...

–¿Qué? ¿Me vas a abandonar?

–Dejame tranquilo, mujer, necesito trabajar.

–Lo que deberías hacer es pedirle a la vecina que nos prepare las cantaradas de atol shuco, y venderlo en el mercado como hacía yo, cuando estabas en el hospital; y antes de que yo cayera enferma. Es más, deberías probarlo. Te caería bien porque estás más flaco que un gato de azotea.

–¡Guácala!

Estaba a punto de abofetearla. Había querido hacerlo desde que se enteró de su crítica condición económica, pero la palidez y la mala salud de Leticia le hacían desistir. En verdad lo disfrutaba. Se extremecía de placer cada vez que tosía en exceso o vomitaba sangre. A veces no podía creerlo. No se explicaba cómo de un tiempo a la fecha se había convertido en un monstruo incontrolable. Una carga de recuerdos fragmentados lo asaltaba de súbito, cuando se cuestionaba a sí mismo, sin encontrar una respuesta racional. Entonces, se encerraba en el baño para darse de tumbos contra la pared.

–Tengo hambre, Leo. Pero quiero tomar atol shuco recién hecho.

park. They're very vindictive. Never let them in.

–You're going nuts.

–Yes. Yes. I was nuts for marrying you. For wasting my life savings on you. And look at all the children you've been able to give me. My only children are the errant birds in the park. They love me, . . . I love them. . . . And I'm resigned to them because they're the only ones. You know? Because you're a goddamn impotent. Because you've never been able to give me. . . .

–That's enough!

He was about to hit her with a brick. At that moment, several errant birds crashed into the window.

–It's the birds, Leo! It's the birds! They're coming for their food! And I don't have any toasted pumpkin seeds! It's the birds, Leo! It's the birds! Don't let them in, please!

–I've had enough of you.

He brusquely ran over to her and slammed the coffin shut. Then, he chained it shut with thick chains and, not satisfied with that, then piled bricks on it. Meanwhile, a gigantic flock of errant birds blotted out the sky. Their screeching caws invaded the whole city. The businesses shut down. The clones hid in alleys, under awnings, tables, benches or wicker market baskets and even the officials of the House of Coin trembled with fear. Only Leo seemed calm. Only he seemed to enjoy the spectacle, and, remained standing in front of the window of the run down building to conpemplate the tableau. "This is really beautiful," he thought, "like when the sun goes down, over the other side of the mountain." Then he sketched a smile of triumph upon his face and applauded enthusiastically, without stopping, until the dark stain of birds was lost in the horizon.

–She was right! –he exclaimed–, the birds have took her away!

Then, he dusted off his clothes and tried to iron them with his hands. Then, he cooly took his packpack, his notepad and digital camera Leticia had given him as a welcome gift when he came down to Spectral City. Somehow, he was able to rescue them. He never asked her, but without a doubt, she had placed it among the personal things she kept in a box. Before leaving, he looked over the itinerary and the list he managed to wheedle

–Ah, sí como no. Con muchísimo gusto, jefa.

–No me gusta tu tono, grandísimo majadero. Por lo menos anda al parque y llevále alhuashte a los pájaros errantes. Son muy vengativos. Alimentalos, te dije, Alimentalos. Pero nunca los dejés entrar.

–Te estás volviendo loca.

–Sí. Sí. Loca estuve al casarme con vos. Al malgastar mis únicos ahorros en vos. Y mirá si me has podido dar hijos. Mis únicos hijos son los pájaros errantes del parque. Me aman, . . . Los amo. . . . Y con ellos me resigno porque han sido los únicos ¿Sabés por qué? Porque sos un desgraciado impotente. Porque nunca has sido capaz de darme...

–¡Ya es suficiente!

Estaba a punto de golpearla con un ladrillo. En eso, varios pájaros errantes entrechocaron con la ventana.

–¡Son los pájaros, Leo! ¡Son los pájaros! ¡Vienen por su comida! ¡Y no tengo semillas de ayote tostadas! ¡Son los pájaros, Leo! ¡Son los pájaros! ¡No los dejés entrar, por favor!

–Ya me tenés harto.

Con brusquedad corrió hacia ella y cerró el ataúd de un solo golpe. Luego, lo amarró fuertemente con gruesas cadenas; y no satisfecho con esto, colocó sobre él, una enorme pila de ladrillos. Mientras tanto, una gigantesca mancha de pájaros errantes oscurecía el cielo. Sus chillantes graznidos invadieron toda la ciudad. Los negocios cerraron. Los clones se ocultaron en callejones, bajo toldos, mesas, bancas o tombillas del mercado y hasta los funcionarios de la Casa de La Monedita temblaron llenos de espanto. Tan solo Leo parecía tranquilo. Tan solo él parecía disfrutar el espectáculo, y, permaneció de pie ante el ventanal del derruido edificio, para contemplar el espectáculo. "Es realmente fantástico" -pensó- "como cuando se oculta el sol, al otro lado de la montaña." Entonces, esbozó una sonrisa de triunfo y aplaudió emocionado, sin pausas, hasta que la oscura mancha de pájaros se perdió en el horizonte.

–¡Tenía razón! –exclamó Leo–, ¡Los pájaros se la han llevado!

Entonces, sacudió sus ropas e intentó plancharlas con las manos. Luego, con actitud despreocupada, tomó su mochila, el procesador de notas y la cámara digital que Leticia le ob-

about the week's important events. First would be the Satyricon Bar, where there was an artist who expelled brown butterflies from his throat. It didn't seem to surprise him. Weeks before he had interviewed a sports commentator who had undergone a sex change, a women who breast fed a boa, a young model who spent weeks not eating to keep from ruining his teeth, which he himself had made with candle wax, and the only clone born with teeth who had them pulled on a whim. But, where to find them? He didn't ask them for addresses or phone numbers. He only thought about the opportunity to enterview that unknown who made winged musical notes. Would it perhaps be another experiment of fabricated variety in the laboratory? Who would know! In any case, his only consolation was his human nature. Among so much pain and confusion, his only act of pride and personal security, was to recite to himself: "I am a human. Better, in a time of irrational experiments . . ."

He waited for two hours straight. He asked for some pumpkins seeds at the insistence of the elderly bartender, but there weren't any. He felt he had eaten too much or that he had wolfed down more than seeds in the darkness of a room. Why in the dark? Why in that corner of obsessive memories? Perhaps so wouldn't have to share them. Perhaps because he was going crazy. Anyway, he did his best to hide the nervous smile that was srouting from his mouth. His obsession to write a sensationalist news story had disturbed him. "Return to the media... Return home..." Ever since Leónidas was demoted in his job as a journalist, he began to work at the Library of Babel on the magic number of orthographic symbols and on the act of proclaiming that books offered solutions to universal problems. People reacted with happiness. But that did not mean anything for him. He hated his job and he had to received the daily multitude of visitors with great indignation. Finally Babel had usurped the unlimited dimensions of hope! While his own resided in his word, in the news headline: Opera Singer Expels Butterflies from his Throat.

–Don Octavio!, Don Octavio! Another collective suicide. Your daughter was in the group.

sequió como regalo de bienvenida cuando bajó a Ciudad Espectral. De alguna manera pudo rescatarla. Nunca le preguntó, pero sin duda, ella la había colocado entre las cosas personales que guaradaba en una caja. Antes de partir, revisó el itinerario y la lista que logró garrapatear sobre los eventos importantes de la semana. El primero sería el bar Satiricón, lugar donde se presentaría un artista que expulsaba mariposas cafés de su garganta. No le parecía sorprenderte. En semanas anteriores había conocido durante sus recorridos nocturnos a un comentarista de deportes que se cambió de sexo, a una mujer que amamantó una boa, a un modelo joven, quien pasaba semanas sin comer, para no estropearse los dientes que él mismo fabricaba con cera de candela; y, al único clon con dentadura que se arrancó las muelas por puro capricho. Pero, ¿dónde encontrarlos? No les pidió direcciones, ni números de teléfono. Tan solo contaba con la oportunidad de entrevistar a ese desconocido de aladas notas musicales. ¿Sería acaso otro experimento o variedad fabricada en el laboratorio? ¡Quién podría saberlo! De alguna manera, su único consuelo era su naturaleza humana. Entre tanto dolor y confusión, su único orgullo y seguridad personal, era repetirse a sí mismo: "Soy un ser humano. Y eso es lo mejor, en una época de irracionales experimentos. . ."

Esperó dos horas consecutivas. Y hasta compró semillas de pepitoria debido a la insistencia del viejo cantinero, pero ni siquiera las probó. Tenía la impresión de haber comido en exceso, o mas bien, el recuerdo de haber devorado abundantes semillas en la oscuridad de un recinto ¿Por qué en la oscuridad? ¿Por qué precisamente, en el rincón de sus obsesivos recuerdos? Quizá para no compartirlas. Quizá porque se estaba volviendo loco. De cualquier manera, hizo esfuerzos por ocultar la sonrisa nerviosa que estaba a punto de aflorar en su boca. La preocupación por escribir una noticia sensacionalista de calidad lo tenía perturbado. "Retornar a los medios... Retornar a mi hogar..." Desde que Leónidas fue degradado de su empleo como periodista, comenzó a trabajar en la biblioteca de Babel con el número mágico de símbolos ortográficos y con la función de proclamar que los libros ofrecían soluciones a los problemas universales. Durante ese entonces, la gente reaccionó con alegría. Pero esto no significó nada bueno para él.

–It can't be!

–Your daughter is on TV. The group of loonies is at the Devil's Gate.

Don Octavio, the elderly bartender, closed the business and drove like crazy to the Devil's Gate. Leónidas got into the car. On arriving he discovered a real spectacle carried out by 75 women of all ages who were about to go over the edge. And no one was going to stop them! . . .

The first to jump was an old woman dressed as a cheerleader. She was turned to gruel, alhuashte, mush. . . . The second showed off with a first rate swan dive. The audience quivered with pleasure and everyone applauded for five straight minutes. The third, a former beauty queen from Spectral City, revealed her graceful silhouette to the beat of ocarinas and timbales. The men lamented her fall and some even dared to take off the last piece of her exotic costume. The fourth was a novitiate. The fifth tried to soften her landing with old parachute but it got caught on a rock. The young girl changed her mind. With tearts in her eyes, she let out screams for help. If was inconceivable. The exasperated audience began to throw stones, bottles, clubs, machetes, knives, razor blades and magic projectiles to cut the lines of the joker suicide. At this moment whistling was heard. A melodious voice eclipsed the audience with excellent news:

"Dear audience I wish to inform you that there is a price knock down at the Central Market. And thinking always in your economic welfare, we offer you high quality fresh meat: marinated kidneys, liver in alhuashte, foreskins in vinegar, fresh placenta, and other organs from accident victims, others who are still being massacred at El Mozote, las Hojas and other townships; minors raped and sacrificed in acts never cleared up. But all are fresh organs, approved by the Legal Medical High Commission. An honorable organization with a list of honest ex-directors, despite the fact that at times, international envy has shown their mistakes. But these have been involuntary errors. Believe. Confide. Do not doubt like Saint Mark. Because if he . . . cough, cough. If Iiii . . . cough, cough. Take advantage of the markdown! We invite

Detestaba su trabajo y lleno de indignación, tuvo que recibir a diario una multitud de visitantes, quienes andaban en busca de la verdad ¡Finalmente Babel había usurpado las dimensiones ilimitadas de la esperanza! Mientras que la suya, descansaba en la palabra, en el titular de la noticia: Cantante de ópera segrega mariposas pequeñas de su garganta.

–¡Don Octavio!, ¡Don Octavio!, otro suicidio colectivo. Su hija está en el grupo.

–No puede ser.

–Su hija aparece en la televisión. El grupo de locas está en la Puerta del Diablo.

Don Octavio, el anciano cantinero cerró el negocio de inmediato, y manejó lleno de ansiedad hasta el lugar de los hechos. Leónidas se coló en el vehículo. Al llegar, descubrió un verdadero espectáculo protagonizado por 75 mujeres de todas las edades que estaban a punto de desbordarse, ¡Y nadie iba a impedirlo!...

La primera en lanzarse fue una anciana vestida de cachiporrista. Quedó hecha pinol, alhuashte, papilla... La segunda, una ex campeona de natación; se desnudó ejecutando pasos del baile sucio; y luego, se lució con un excelente clavado. El público se estremeció de placer y todos aplaudieron la hazaña durante 5 minutos consecutivos. La tercera, una ex reina de belleza en ciudad Espectral exhibió su grácil silueta al ritmo de ocarinas y timbales. Los hombres lamentaron su caída; y, algunos hasta se atrevieron a reclamar la última prenda de su exótico vestuario. La cuarta era una monja novicia. La quinta, quiso amortiguar el golpe con un viejo paracaídas, pero este se atascó en una roca. La joven se arrepintió; y, con lágrimas en los ojos, lanzaba gritos de auxilio ¡Era inconcebible! La multitud exasperada comenzó a lanzar piedras, botellas, garrotes, corvos, cuchillos, hojas de afeitar y proyectiles hechizos para cortar las cuerdas que sostenían a la farsante suicida. En eso, sonó un silbato. Una voz melodiosa eclipsó al público con una excelente noticia:

"Estimado público se les informa que hay un reventón de precios en el Mercado Central. Y pensando siempre en su economía, les estaremos entregando carne fresca de alta calidad: riñonada en adobo, hígado en alhuashte, prepucios en vinagre, placenta

you to board our convertibles. We have two helicopters ready for wholesalers."

Leónidas Potosme had a genius for getting into anywhere. His desperation had no bounds. In Spectral City there only lived abominable, despicable and loathsome creatures. But his life was even more loathsome. His life had turned into a real nightmare ever since he acquired the debt. The worst thing is that he barely remembered how. . . . He only knew that to save his newspaper he had to take out mortgages, refinancing, debt consolidation, repossession. But every time he was in even deeper. They moved him to the Library of Babel where he labored 17 hours a day, 7 days a week, for a salary of 1000 express every other week. And 90% was docked from his pay. He tried to earn extra money, but his journalism license was revoked. He had to resort to cleaning houses, washing bathrooms and fixing plumbing in his free time just to survive.

He was thinking about it, when the crowd roused him from his state of deep hallucination. An enormous clot fell on his face. The truck drivers tossed barrels of human organs on giant plastic tarps, and all the buyers rushed to look for the best meat without worrying about the clots or the unbearable stench that revealed a state of absolute decomposition. At that moment, a truck backed up at full speed. He had to drop his camera and all his reporter's notes he had edited so he could save his skin. The crowd was used to these street disturbances, but the only one who couldn't avoid the truck and save himself was an old porter. He was drunk. And, his leg got caught beneath a wheel.

–Hey! He's still alive!

–Listen, he's basted in beer!

–That man's old, and aged meat tastes better!

They leaped on top of him, and without any pity at all, dismembered his arms, legs, ears and genitals. A cheerful thirteen year old kid plucked out his eyes. His mother scolded him for wasting his time on nonsense "just like your daddy who only rips out guts and jerks off. . . ." After ending her sermon by breaking a piece of firewood over his back, she told him to make a sweep of the trailer that just arrived at the old parking lot. The

recién recolectada, y otros órganos de accidentados, otras carnes que provienen de las masacres que aún continúan en el Mozote, las Hojas y otros cantones; son restos congelados de menores de edad violados y sacrificados en actos nunca esclarecidos. Pero todos son órganos frescos, aprobados por un alto comité de Medicina Legal. Organización honorable, con una lista de ex directores honestos, a pesar de que alguna vez, la envidia internacional les haya comprobado sus fallas. Pero han sido errores involuntarios. Crean. Confíen. No duden como San Mateo. Porque si él... coj, coj. Si yooo... Coj, coj. Si ellos dicen que la carne es comestible, entonces, esto no es un crimen ¡Aprovechen el reventón! Los invitamos a abordar nuestros convertidores. Tenemos dos helicópteros disponibles para mayoristas."

Leónidas Potosme era un genio para colarse en cualquier parte. Su desesperación no tenía límites. En ciudad Espectro tan solo habitaban seres abominables, despreciables y espantables. Pero más espantable era su vida. Su vida se había convertido en una verdadera pesadilla desde que adquirió la deuda. Lo peor es que apenas recordaba cómo... Tan solo recordaba que para salvar su periódico había tramitado préstamos hipotecarios, refinanciamientos, consolidación de deudas, recuperación de mora. Pero cada vez quedaba más empantanado que al principio. Fue así como paró en la Biblioteca de Babel donde laboraba 17 horas diarias, durante 7 días a la semana, con un salario de 1000 express quincenales. Este quedaba retenido en un 90%. Luego, intentó ganar dinero extra, pero su licencia de periodista fue cancelada. No tuvo más remedio que limpiar casas, lavar baños y cambiar tuberías en sus horas libres para sobrevivir.

Estaba recordando esto, cuando la muchedumbre lo hizo abandonar su estado de profunda alucinación. En eso, un enorme coágulo cayó en su rostro. Los camioneros arrojaban los barriles de órganos humanos sobre gigantescos plásticos, y todos los compradores se lanzaban a la búsqueda de la mejor carne sin importarles el pestilente olor que revelaba un estado de absoluta descomposición. En eso, un camión retrocedió a toda velocidad. Fue preciso abandonar la cámara y todas las notas periodísticas que había redactado con tal de salvar el pellejo.

dogs were hungry. They ripped out the old man's intestines in a single tug and swallowed them as fast as they could to avoid repercussions from the crowd. The old man was still alive when they shaved his hairy skin. Leónidas was disgusted. He never saw, however, a man die with such great displays of generosity and jubilation. "Gobble me up" –he said– "I'm drunk, but I owe it to humanity."

At that moment, a giant cloak of wings darkened the sky. It was the errant birds who were not invited but came to witness the spectacle, and if possible to frighten away everyone so they could feast alone on the banquet. All of a sudden, he felt something cold on his shoulder.

-Don't move, Leo, the agents of extermination are here. They just arrived at the trailer. But don't worry. Follow my advice if you want to live.

Aided by the darkness cast by the birds, they retraced their steps for approximately two blocks without saying any more words than necessary. When they arrived at the corner by the Basilica they ran like crazy down numerous alleys until they arrived at Camilo's safe house, which belonged to the party leader.

–You have to be more careful, Leónidas. The agents of extermination don't play around.

–I appreciate your help.

–Don't thank me. Want a shot of booze and some pumpkin seeds?

–No thanks. I'm full.

–Full? And when was the last time you ate?

–I don't remember. Maybe yesterday.

–Ha, ha, ha. That's something you don't forget. (He showed him his mouth full of seeds, and that made him sick). And how's Leticia? Tell me.

–Leticia? You know Leticia?

–Yes. Don't you remember anything? She's a party collaborator. Between the two of us we drug you to the hospital. There we visited you, brought you juice and atol shuco. That's how I found out.

–About what?

La multitud estaba acostumbrada a estos desórdenes callejeros, pero el único que no pudo evadir el peligro del camión sin frenos, fue un anciano acarreador de bultos. Estaba ebrio; y, la pierna se le atascó bajo la llanta.

–¡Ey! ¡Todavía está vivo!

–¡Oigan está marinado en cerveza!

–¡Ese hombre está viejo, y la carne sazona sabe mejor!

De inmediato, todos se lanzaron sobre él, y sin piedad alguna desmembraron sus piernas, sus brazos, sus orejas y genitales. Un alegre chiquillo de 13 años le extrajo los ojos. Su madre lo reprendió por perder el tiempo con insignificancias "igual a tu tata que solo destripa y hueveya babosadas..." Y cerrando el sermón con una raja de leña que le quebró en la espalda, le ordenó que hiciera una "barrida" en el trailer que acababa de llegar al viejo parqueo. Los perros estaban hambrientos: arrancaron los intestinos del viejo de un solo tirón y se los tragaron a toda prisa, para evitar los reclamos de la muchedumbre. El pobre anciano todavía estaba con vida cuando le afeitaron el cuero cabelludo. Leónidas estaba asqueado. Sin embargo, nunca había visto morir a un hombre con escandalosas muestras de bondad y júbilo. "Devórenme ustedes" –decía–, "Estoy borracho, pero me debo a la humanidad."

En eso, un gigantesco manto de alas oscureció el cielo. Eran los pájaros errantes que no fueron invitados, pero acudían para presenciar el espectáculo; y de ser posible, espantarían a todos para degustar a solas el banquete. De pronto, sintió que algo frío tocó su hombro. "No te movás, Leo, los agentes de exterminio están aquí. Acaban de arribar en el trailer. Pero no te preocupés. Seguí mis consejos si querés vivir."

Amparados por la oscuridad de los pájaros, caminaron aproximadamente dos cuadras en reversa, sin pronunciar más palabras que las necesarias. Cuando llegaron a la esquina de la Basílica corrieron como dementes por numerosos callejones hasta llegar a la secreta casa de Camilo, el líder del partido.

–Tenés que tener más cuidado, Leónidas. Los agentes de exterminio no andan con cuentos.

–Agradezco tu ayuda.

–No me agradezcás. ¿Querés un poco de guaro y semillas de

–Nuthin'! I'm not telling you unless you tell me how Lety's doing.

–Bad! I-I mean she's fine. I left her at home and. . . .

–Ah, you man-whore! And when are the kids going to arrive, then?

–Well, I don't know. I have a debt and . . . .

–Ha, ha, ha. Debts don't exist. They're just a sham from the outside world. A drink?

–No, I don't feel like it.

–Of course. And you know why? Because you're not pro-grammed for it. But, y'know, me neither. But looky here. (He gargled with the booze). It's all mental. You just have to control it and to be the leader of Spectral City you have to become a drunk. I'm an excellent drinker with ideas. But you see, Pops, I'm not programmed for this.

–What are you trying to say?

–What are you trying to say? You mean Lety hasn't even ex-plained it to you? Ah, I see! She's just like you. . . . She forgets everything. But think about it: When was the last time you ate? When was the last time you made love? When did you sign your last check?

–Well, I don't know. My debts. . . .

–What debts, man? Debt doesn't exist. Debt is mental, it's an invention, it's an international conspiracy. No. No. It's really an archetype they program into us, and that's why no one pays it because it doesn't exist. Look, I want you to see something. Take a look out that window.

He went over and with great surprise discovered the crowd of women who had just jump off Devil's Gate. They were all unharmed. They were belly-dancing for the drunk who had just been dismembered.

–But, how is that possible?

–Ha, ha, ha. You're really out of the loop, Leo. And that's why you never understand what this thing's all about. But it's easy. Those people outside are like you, like Lety, like me. I don't have time to explain it to you. The important thing is that we're a revolutionary group. We're the first guerrilla band in Spectral

ayote?

–No gracias. Estoy lleno.

–¿Lleno? ¿Y desde cuándo fue la última vez que comiste vos?

–No recuerdo. Quizá fue ayer.

–Ja Ja Ja. Eso es algo que no se olvida -Le mostró su boca llena de semillas, y eso le produjo asco- ¿Y cómo está Leticia? Contame.

–¿Leticia? ¿Conocés a Leticia?

–Sí ¿Qué ya no te acordás? Ella es una colaboradora del partido. Entre los dos te jalamos pa'l hospital. Ahí te estuve visitando, acarreándote jugos y atol shuco. Así fue como me di cuenta.

–¿De qué?

–¡Nombre! No te digo si no me contás cómo está la Lety

–¡Mal! Di- digo está bien. La dejé en casa y . . . .

–¡Ay, sin vergüenza! ¿Y cuándo vienen los hijos, pues?

–No. No sé. Tengo deudas y . . . .

–Ja ja ja. Las deudas no existen. Son una trampa del mundo exterior, ¿Un trago?

–No. No apetezco.

–Claro, ¿y sabés por qué? Porque no estás programado para eso. Es más ni yo tampoco. Pero mirá, –hizo gárgaras con el guaro– Todo es mental. Hay que controlarlo todo. Y para ser líder en ciudad Espectro, hay que convertirse en borracho. Soy un excelente bebedor con ideas. Pero mirá, papá, no estoy programado para eso.

–¿Qué querés decir?

–¿Qué querés decir? ¿Qué acaso la Lety no te ha explicado? ¡Ah, ya sé! Es que ella es como vos. . . . Todo se le olvida. Pero ponete a pensar: ¿Cuándo fue la última vez que comiste? ¿Cuándo la última vez que hiciste el amor? ¿Cuándo firmaste la última letra de cambio?

–No. No sé. La deuda. . . .

–¿Y cuál deuda, hombre? La deuda no existe. La deuda es mental, es un invento, es un complot internacional. No. No. Más bien es un arquetipo con el que nos programan, y por tanto, nadie va a pagarla porque no existe. Mirá, quiero que veás algo. Asomate a esa ventana.

Se acercó y con enorme asombro descubrió a la multitud de

City.

–B-b-but why? There's no war here.

–But there will be and very soon. We're not real. There exists a real world outside. On the other side of that oil pipeline we call Nopticon City. We're an experimental batch of dolls they've left in peace till now. But that's over and done with. They need us now because the economic crisis of the outside world has worsened and now they need the support of the "unreal" to pay the "real" debts of the "real" dimension. You grok?

–No . . . .

–We need your help. We need natural born leaders with culture like you. In our group there are clones and holograms able to do amazing things. But we don't have anyone intellectual. We need clones and holograms with knowledge like you.

–And me, what am I? Who am I?

–I need the code. I need the magic number of orthographic symbols.

–No.

–With that we can free ourselves. We can invade their system. We can infect it in such a way they lose sight of us and we can keep on being free. What does it matter if we are clones or programmed holograms! What's important is to feel free.

–No!

–Come on, Leónidas. I'm sending a gift to your wife. If you want, I can take you in my convertible transporter. I've wanted to meet you for a long time.

At that moment, he remembered Leticia. He had to get rid of her corpse as soon as possible. He said goodbye to his host promising he would hand over the key as soon as he could and he would invite him to dinner sometime. He ran like crazy. He hung on to the bars of a garbage truck to gain time and few minutes later, when he began to the stairs of his run down building that tilted like the Tower of Pisa, he felt as if his stomach was a cup of spoiled atol shuco. He braced himself. Things would get better if he concentrated his strength on getting rid of the body. He got a shovel and a burlap bag he found in the garbage truck. He checked the hall carefully to make sure there

mujeres que se tiraron en la Puerta del Diablo. Todas estaban ilesas. Todas estaban bailando belly-dancing para el borracho que acababa de ser descuartizado.

–Pero ¿Cómo es posible?

–Ja ja ja. Es que vos andás desconectado Leo. Y por eso nunca comprendés cómo es esta vaina. Pero es fácil. Esa gente que está afuera es como vos, como la Lety, como yo. No tengo tiempo para explicarte. Lo importante es que somos un grupo revolucionario. Somos la primera guerrilla de ciudad Espectro.

–¿P-p-pero por qué? Aquí no hay guerra.

–Pero la habrá y muy pronto. Nosotros no somos reales. Existe un mundo real allá afuera. Más allá del oleoducto que mal llamamos ciudad Nópticon. Somos un conjunto experimental de muñecos a los que hasta ahora han dejado vivir en paz. Pero se acabó. Nos necesitan porque la crisis económica del mundo exterior se ha agudizado y ahora necesitan de nuestro apoyo "no real" para pagar las deudas "reales" de la dimensión "real." ¿Entendés?

–No . . . .

–Necesitamos tu apoyo. Necesitamos líderes natos con cultura como vos. En nuestro grupo hay clones y hologramas capaces de hacer cosas asombrosas. Pero no tenemos a nadie intelectual. Necesitamos a clones u hologramas con conocimientos como los tuyos.

–¿Y yo qué soy? ¿Quién soy?

–Necesito la clave. Necesito el número mágico de símbolos ortográficos.

–No.

–Con esos nos liberaremos. Invadiremos su sistema. Lo contaminaremos de tal modo que nos pierdan de vista y continuaremos aquí como entes libres. ¡Qué importa si somos clones u hologramas programados! Lo importante es sentirnos libres.

–¡No!

–Vamos, Leónidas. Ahora enviaré un regalo a tu esposa. Si querés te llevo en mi convertidor móvil. Desde hace mucho que quiero saludarla.

Hasta ese momento se acordó de Leticia. Era preciso deshacerse del cadáver cuanto antes. Se despidió de su anfitrión

weren't any witnesses, but he almost died of fright when he saw his door was wide open.

–How are you, Leónidas, my dear?

–Y-you. . . ?

His beloved Leticia had come back from her coffin stronger and more attractive than ever. She looked healthy. She wore a stylish gold dress that matched her pure gold pupils. Her sensuous neckline was embroidered with party emblems. She was a doll. She glanced at him inquisitively while she smoked a long, green ridiculously looking pipe. Leónidas was ready to run, but before he could take a step, Leticia ordered:

–Down on the ground. Down on the ground, dickhead.

–Y-y-yes.

–Now, kiss the ground. Lick the floor with your tongue until I tell you to stop.

She put her leg on Leónidas's head. Even the pressure of her leg almost crushed his skull, she had a way of doing it with infinite tenderness.

–Life is surprising. Can you believe the things we dream? I've tried to tell you so many times. Do you think I was alive? Do you think it was my first death? I tried to remind you. But sometimes you're floating in your REM sleep. Don't forget your own image eating, resting in a cubicle and when you awake you'll feel rested or full, but the best part is when we make love...

–Are we clones then? . . .

She pressed down harder on his head. She flicked ashes on Leónidas clothes while she sweetly answered.

–Ha, ha, ha. We're less than that. . . . We're programmed to dream we're doing basic things like eating. But, even so, we're immortal. We can't die. . . .

–Well, let's see if that's so.

He grabbed the shovel with all his might and landed a tremendous blow. He was full of rage. He sunk the shovel into her thorax so many times the massive flow of blood ruined her previous gold dress. Leticia, for her part, never lost her infinite sweetness: "Breathe in deep, my love, what if you count to ten... Ha, ha, ha . . . . " Her laughter roiled his nerves. His anger in-

prometiéndole que le entregaría la clave lo antes posible y que lo invitaría a cenar en otra oportunidad. Corrió como loco. Se aferró a las barrillas del tren de aseo con tal de ganar tiempo; y minutos más tarde, cuando comenzó a subir las gradas del edificio tan derruido y tan inclinado como la torre de Pisa, sintió que su estómago era un huacal de atol shuco descompuesto. Hizo entonces un esfuerzo. Las cosas iban a salir bien si concentraba sus fuerzas en eliminar el cuerpo. Con resolución, se apoderó de una pala y una bolsa de yute que extrajo del tren de aseo. Luego examinó el pasillo cuidadosamente para verificar que no habría testigos, pero casi se muere del susto al descubrir que la puerta de su apartamento estaba de par en par.

–¿Cómo estás, mi querido Leónidas?

–¿V-Vos...?

Era su amada Leticia quien había regresado desde el ataúd con más fuerza y atractivo que nunca. Parecía saludable. Lucía un elegante vestido color dorado que hacía juego con el oro puro de sus pupilas. El sensual escote estaba brocado con los emblemas del partido. Parecía una muñeca. Le lanzó una mirada inquisidora, mientras fumaba una pipa larga, verde y ridículamente diseñada. Leónidas estaba a punto de correr, pero antes de que pudiera dar un paso, Leticia ordenó:

–Tirate al suelo. Tirate al suelo, cabrón.

–S-S-Sí.

–Y ahora besá el piso. Lamé el piso con la lengua tantas veces como te diga.

Colocó su pierna sobre la cabeza de Leónidas. A pesar de que la presión ejercida con la pierna casi le deshace el cráneo, tenía la habilidad de hablarle con infinita dulzura.

–La vida tiene sorpresas. ¿Acaso crees lo que soñamos? Tantas veces he intentado decírtelo. ¿Crees que yo estaba viva? ¿Crees que esta fue mi primera muerte? Intenté recordártelo. Pero a veces flotas en el sueño de REM. Te pido que no olvidés tu propia imagen comiendo, descansando en un cubículo y que al despertar vas a tener la sensación de haber descansado o comido; pero la mejor parte es cuando hacemos el amor . . . .

–¿Es que acaso somos clones? . . .

Apretó con más fuerza la cabeza. Echó cenizas sobre las ropas

creased until he cut her up into little pieces.

He fell to the ground exhausted by the impressive discharge of energy needed to dismember his wife's body. It was hard to gather the pieces together and put them in the old burlap bag. *"I can't take that smell any longer,"* he yelled. And so, a cold water shower did him good. He stayed under the water for three straight hours until he was convinced the stains and smell of the blood had disappeared. He felt a good mood coming on. He put on the costly linen suit Leticia gave him, and then shaved at once, but soon he felt something cold and wet tugging at his ankles. Startled, he lifted his pant leg: it was his wife's bloody skeletal hand.

He couldn't believe it! Gripped by panic he began to scream and started a mortal battle with the hand that wouldn't stop grabbing. He stabbed it. He cut it several times with razor blades and a wet pair of seamstress shears, but all the sharp objects bounced off. The hand had acquired an amazing metallic consistency. . . The battle looked like it had no end. The hand of the woman and her husband rolled around the bathroom floor, on the bedroom floor and finally in the living room where he found himself submerged in a sea of organs and blood clots . . . .

–Hey, Leónidas! Leónidas! I'm here with Lety's gift. Open up, some dumbass locked the front door and the other's wired shut.

It was don Camilo Gutiérrez, the leader of the Neo-Revolutionary Party. Leónidas responded courteously. To stall him, he told Camilo he couldn't open the door because he was sick, but he could find a key hidden under the pumpkin vines. He just had enough time to change clothes, gather up the pieces of Leticia, and get away through the doorway a crazy tenant had blocked shut with wires and barrels of lard. Leónidas felt sick. The smell of blood and the images of dismemberment constantly assaulted him as he ran to catch the train that would take him to the gorges of Cicimite, where he could dispose of her moral remains.

–You must love her a lot, right, son?

A toothless old woman asked him with a malevolent stare as

de Leónidas, mientras expresaba con dulzura.

–Ja ja ja. Somos menos que eso. . . . Estamos programados para soñar que hacemos cosas básicas como comer. Pero de igual modo, somos inmortales. No podemos morir. . . .

–Pues, veremos si es cierto.

Apretó con fuerzas la pala y le asestó un tremendo golpe. Estaba lleno de ira. Le hundió tantas veces la pala en el tórax que la copiosa sangre le echó a perder el precioso vestido color oro. Leticia, por su parte, nunca perdió su infinita dulzura: Respirá profundo, mi amor, qué tal si contás hasta diez. . . . Ja ja ja . . . Su risa le crispaba los nervios. Aumentó tanto su ira que pronto la diseccionó en múltiples pedazos.

Cayó al suelo agotado por la impresionante descarga energética que significó desmembrar el cuerpo de su esposa. Fue difícil reunir los pedacitos y guardarlos en un viejo saco de yute. *"No soporto más ese olor,"* exclamó. Ante esto, el agua fría de la ducha le hizo bien. Permaneció bajo el agua por 3 horas consecutivas hasta quedar convencido de que las manchas y el olor de la sangre habían desaparecido. Finalmente, se sintió de buen humor; y, se puso el precioso traje de lino que le había regalado Leticia. Acto seguido, comenzó a afeitarse, pero de pronto sintió que una cosa húmeda y fría se aferraba a sus tobillos. Impresionado, se levantó el pantalón: era la mano ensangrentada y esquelética de su mujer.

¡No podía creerlo! Preso por el pánico, comenzó a dar de gritos e inició una batalla mortal con aquella mano que no dejaba de asirlo. La apuñaló. Le ensartó varias veces las hojas de afeitar y una tijera de sastre mohosa, pero todos los objetos punzantes resbalaban, inexplicablemente, puesto que la mano había adquirido una asombrosa consistencia metálica . Entonces, cedió un poco, esperando que la mano se agotara, para arremeter contra ella con más fuerza. La batalla le parecía interminable... Mano de mujer y marido rodaron por el suelo del cuarto de baño, por el suelo del dormitorio; y, finalmente, por el de la sala en donde se encontró sumergido en un mar de órganos y coágulos de sangre...

–¡Ey, Leónidas! ¡Leónidas! Ya estoy aquí con el regalo para la Lety. Abrime vos, que algún baboso cerró el portón principal y

she sat next to him. A chill ran through his body. The woman explained to him that she had no teeth because of a foul up at the laboratory where she was manufactured. That confirmed his theory: Holograms had perfect teeth, but clones lost them when they pulled out the feeding tube that kept them alive throughout gestation. It was an economical measure. Costs went up in accordance to better means of extraction. That's why they had no teeth.

–I say you must love her a lot because you look tired. My husband looked the same when he came home everyday. He worked long hours in optical porcelain to keep up our home.

–And what happened to him?

–I don't know. He disappeared many years ago on this same train when the authorities checked identities. They were agents of extermination. Some say they took him away. Others say he hid in the grottoes between the rocks of the cliff. The truth is I don't know. We aren't immortal like holograms. If only he were alive. . .

The train slowed down. Through the window he could see a patrol of agents of extermination he knew from Nopticon City, and the virtual delegate turned on his network of wireless speakers.

–Mister Potosme, we know you're on the train! You're wanted for breaking the law!

–That's you, right, son?

The old woman glanced at him with her inquisitioner, brown, malevolent eyes like many clones who lived alone, but at the same time she showed genuine interest: "You remind me of my husband," she exclaimed, "as soon as we pass the first curve, jump."

The patrol chased closely behind. The virtual agent took off his hood to show him a nasty surprise.

–*Mister Potosme, we have your leader. We opened the doors of Spectral City to you so you could clear your head, not so you could associate with this scumbag.*

Until that moment he could look upon the bloody image of Camilo, who had multiple cuts on his head, his hands and the

el otro está bloqueado con alambres.

Era don Camilo Gutiérrez, el líder del partido neo revolucionario. Leónidas le respondió con cortesía. Para despistarlo le dijo a Camilo que no podía abrir porque estaba enfermo, pero que buscara una llave enterrada bajo la parra de ayote. Apenas tuvo tiempo para cambiarse de ropa, reunir los pedazos de Lety, y escapar por el portón que un inquilino demente bloqueó con alambres y barriles de manteca. Leónidas experimentó asco. El olor de la sangre y las imágenes del descuartizamiento lo asaltaban incesantemente, mientras corría a abordar el tren que lo conduciría a las barrancas del Cicimite, lugar donde podría deshacerse de los restos mortales.

–Debes de quererla mucho ¿Verdad, hijo?

Le preguntó una anciana desdentada y con mirada malévola que se sentó a su lado. Un escalofrío recorrió su cuerpo. La aparecida le explicó que no tenía dentadura por un descuido en el laboratorio donde fue fabricada. Eso confirmaba su teoría: los hologramas tenían dentadura perfecta, pero los clones la perdían al retirar el tubo proveedor que los alimentaba durante el proceso de gestación. Era parte de la economía. Los costos se elevaban con todo procedimiento necesario y adecuado para las extracciones. Por eso ningún clon tenía dentadura.

–Te digo que debés de quererla mucho porque parecés cansado. Mi marido tenía tu mismo aspecto cuando regresaba a casa. Trabajaba mucho en la loza óptica para mantener el hogar.

–¿Y qué pasó con él?

–No lo sé. Desapareció hace muchos años en este mismo tren cuando las autoridades hicieron un registro. Eran los agentes de exterminio. Algunos dicen que se lo llevaron. Otros que se escondió en las cuevonas que están entre las rocas del precipicio. El asunto es que no sé. Nosotros no somos inmortales como los hologramas. Si estuviera con vida . . .

El tren disminuyó la velocidad. A través de la ventanilla pudo observar a una patrulla que transportaba a los agentes de exterminio que conoció en ciudad Nópticon, y al delegado virtual quien había encendido su red de parlantes inalámbrica.

–¡Señor, Potosme, sabemos que se encuentra en el tren! ¡Se le busca por quebrantar la ley!

right part of his body.

–Don't betray us, Leónidas, think about the party, think about Lety, think about the debt; but above all, think about connecting what I said to the . . . . .

A sudden explosion of silicon silenced his mouth. . . .

While he fled Leónidas didn't stop asking himself if Camilo was a clone or a hologram. Maybe he would never know. The rotting stench that emanated from the old burlap bag made him sick. A flock of errant birds crossed the sky. It was almost six in the afternoon, the time when boys and girls returned home from school and passed by the food stands to buy tortillas, cottage cheese and atol shuco.

–From then on, I admired you, my love. You hid yourself face-down in the rocky path that led to your house while I followed close behind, imagining your breath, your tenderness, your fragrance. From then on, I learned to love you. I was programmed to think of you when I woke up every morning, or to hate your breath, your lips or the yellow gold of your pupils reflecting another form that wasn't your own, but exactly your own . . . .

The flock of birds darkened the sky with the errant ebony of their wings. It was six in the afternoon and the sun hadn't finished hiding itself behind the mountains sketched by the anonymous being of the hidden computer. Leónidas Potosme dug his feet into the steep mountains looking for a refuge to hide his anguish, his past and his horrible crime that he could not release from his hands. A bowl of pestilence surged from his stomach. The errant birds broke formation to dive furiously from one side to another, from east to west, from north to south, as if they were trying to break through the false sky that covered them. Their screeching frayed his nerves. He heard the unbearable noise come closer. . . every moment closer to his ears.

Losing himself, he ran toward the cliff of Cicimite. It was the perfect place to get rid of any sordid or simple, real or imaginary secret that tormented any citizen, be he Spectral or Noptical. The abyss was impressive. According to the documents he read in the Library of Babel, Cicimite was one of the deepest

–Ese sos vos ¿Verdad hijo?

La anciana lo miró de soslayo con esos ojos medio inquisidores, medio pardos y malévolos como muchos clones que viven en soledad; pero al mismo tiempo, le mostró un sincero interés: "Me recordás a mi marido" -exclamó- "en cuanto pasemos la primera curva saltá".

La patrulla lo perseguía de cerca. El agente virtual quitó la capota para mostrarle una desagradable sorpresa.

"Señor Potosme, tenemos a su líder. A usted le abrimos las puertas de ciudad Espectro para que despejara su mente y no para que se asociara con este desgraciado".

Hasta ese momento pudo contemplar la imagen ensangrentada de Camilo, tenía múltiples laceraciones en la cabeza, en las manos y en la parte derecha del cuerpo.

–*No nos traicionés, Leónidas, pensá en el partido, pensá en la Lety, pensá en la deuda; pero sobre todo, pensá en conectar lo que te dije a la. . . . .*

Un repentino estallido de silicio silenció su boca . . . .

Mientras huía, Leónidas no cesaba de preguntarse si Camilo era clon o un holograma. Quizá nunca lo sabría. El putrefacto olor que emanaba del viejo saco de yute le producía náuseas. Una bandada de pájaros errantes cruzó el firmamento. Eran casi las 6 de la tarde, hora en que los niños y niñas regresaban de la escuela y pasaban por los puestos de comida para comprar las tortillas, la cuajada y el atol shuco.

–*Desde entonces, te admiraba, mi amada. Escondías tu rostro cabizbajo en el sendero de piedras que conducía hasta tu casa mientras yo te seguía de cerca, imaginando tu aliento, tu ternura, tu olor. Desde entonces aprendí a quererte. Fui programado para pensar en vos al despertar cada mañana, o para odiar tu aliento, tus labios o el amarillo oro de tus pupilas reflejadas en otra forma que no fuera la tuya, precisamente la tuya . . . .*

La bandada de pájaros oscureció el cielo con el ébano errante de sus alas. Eran las 6 de la tarde y el sol aún no terminaba de ocultarse tras las montañas esbozadas por el ente anónimo del ordenador obicuo. Leónidas Potosme hundía sus pies entre las montañas escarpadas buscando un refugio para esconder su angustia, su pasado y el espantoso crimen que no soltaba de sus

places in the Universe. No clone, hologram or living being had ever returned from its depths either in true accounts of physical reality or in mythological manuscripts:

–"They say Cicimite canyon is nothing other than the mouth of a terrible giant who devours all material, organic or inorganic that accidentally falls into it. Its appetite has no limits. In the past it was content with the heads of cattle it stole from its neighbors, the inhabitants of the canyon. They fled in fear upon discovering that a boy scarcely eight years old was stealing their belongings. But now the Cicimite had grown, the Cicimite is now an adult condemned to suffer a voracious appetite it will not be able to sate for centuries of centuries. . . For centuries of centuries."

–Ha, ha, ha. Hey, giant, here comes your dinner!

He was about to throw the bag. The flock of birds pecked at his face, his hairy skull, his trembling hands and covered him in a black mantle to throw him to the bottom of the pit. The special condition of his being permitted him to resist. Hanging onto a rock he could contemplate beautiful Leticia reborn, happy... The errant birds carried her away. The innocent Leticia migrated toward the light naturally sketched by the anonymous being of the hidden computer. She migrated toward a new space, a new world where perhaps she could free herself. For the first time, he admired her. He felt like saying goodbye to her, but a vortex of feeling he found reduced him to silence and full of resignation he descended toward a cave that opened up between two rocks. It was a good refuge. It would be difficult for the trackers or the agents of extermination to find him. He activated his phosphorescent fingers to find his way in the dark and in the depths he found a small passageway, a narrow path packed with fiber-optic cable. It was the main system for Nopticon City. . . . He had in his hands the chance to disconnect the spectral regions and infect the communication networks with the magic code of orthographic symbols. . . .

–The magic number? . . . Ha, ha, ha . . . The magic number?

Leónidas Potosme knew this was a myth. Millions of reader went to the Library of Babel to try. . . . The myth was part of a

manos. Una huacalada pestilente brotó de su estómago. Los pájaros errantes rompieron su formación de vuelo para lanzarse furiosos de un lado a otro, de este a oeste, de norte a sur, como queriendo quebrar el falso cielo que los cubría. Sus graznidos le crispaban los nervios. El insoportable ruido se escuchaba más cerca . . . cada instante más cerca de sus oídos.

Fuera de sí corrió hacia el precipicio del Cicimite. Era el lugar perfecto para deshacerse de cualquier secreto sórdido o sencillo, real o imaginario que atormentara a cualquier ciudadano espectral o nóptico. El abismo era impresionante. De acuerdo con los documentos que leyó en la biblioteca de Babel, el Cicimite era uno de los sitios más insondables del Universo. Ningún clon, holograma o ser vivo había retornado de esas profundidades registradas tanto en tratados de física como en manuscritos mitológicos:

–Dicen que la barranca del Cicimite no es más que la boca de un terrible gigante que devora cualquier materia orgánica e inorgánica, que cae accidentalmente. Su apetito no tiene límites. En el pasado se conformaba con las cabezas de ganado que robaba a sus vecinos, los pobladores de la barranca. Estos huían espantados al descubrir a aquel niño de apenas 8 años que robaba sus pertenencias. Pero ahora el Cicimite ha crecido, el Cicimite es un adulto condenado a sufrir un apetito voraz que no podrá saciar por los siglos de los siglos. . . Por los siglos de los siglos.

–*Ja ja ja. ¡Ey, gigante, aquí te va tu cena!*

Estuvo a punto de lanzar el saco. La bandada de pájaros le picoteó el rostro, el cuero cabelludo, las temblorosas manos y lo envolvió en su negro manto para arrojarlo hasta el fondo del abismo. La especial condición de su ser le permitió resistir. Segundos más tarde, y, abrazado a la roca que le salvó de caer, pudo contemplar a la bella Leticia feliz, renacida y montada sobre el manto de oscuras alas. . .

Los pájaros errantes se la llevaron. La inocente Leticia había emigrado hacia la luz naturalmente esbozada por el anónimo ente del ordenador obicuo. Ella viajó hacia un nuevo espacio, un nuevo mundo en el que quizá podría liberarse. Y por primera vez, la admiró. Y tuvo ganas de decirle un afectuoso adiós;

commercial strategy created to attract tourists from all over the world. Poor suckers. The system couldn't blame them for having the illusion they could infect cyberspace.

–_What a grand bargain! . . . The magic number! . . . And to think that poor Camilo and his followers had their hopes set on that . . . . Ha, ha, ha. . . ._

A blast of air dangerously moved the cables. The electric discharge made his legs go to sleep for a moment. . . .

–_If I could only catch up to them. . . . If I could only throw myself upon them and wind the cables around my neck to deactivate my mechanism. No one could reactivate me. It would produce a short circuit that would deactivate other holograms as well. . . . Other holograms? Is that what I am? Do I really have the right to deactivate others? I, who don't even know what I am or who I am in this world. . . . I, who haven't even learned to tell the difference between clones and holograms, between humans and abominable monsters from cyberspace. I can't. I can't do it alone. . . . I can't do it alone. . . . But I must... I need the cables to end this torment._

He remained for a long while contemplating the twisted cables that concealed the encrypted messages of Nopticon City, and the space transmission radar base with which it could communicate with the universe. Sooner or later he would take vengeance. . . . But first he had to initiate the discourse, the individual or collective declaration adorned with programmed form in the mysterious labyrinths of cyberspace. He knew ways. In the Library of Babel he learned how to decrypt messages and reprogram radar transmissions, he just needed time enough to do it. Meanwhile, his desperate voice filtered through without any problem, his cybernetic echo was contaminating cyberspace for centuries of centuries, for centuries of centuries, for centuries of centuries. . . .

There beyond the place where I come from
there exist cybernetic forms
we call beings,
shadows of buildings,
errant birds

pero una vorágine de sentimientos encontrados lo redujo al silencio y lleno de resignación, descendió hacia una cueva abierta entre dos rocas. Era un buen refugio. Difícilmente los rastreadores o los agentes del exterminio podrían localizarlo.

Nerviosamente, activó sus dedos fosforescentes para orientarse en la oscuridad y en las profundidades encontró un pequeño pasadizo, un estrecho sendero saturado con cables de fibras ópticas. Era el sistema central de ciudad Nópticon . . . En sus manos estaba la oportunidad de desconectar las regiones espectrales y de contaminar las redes de comunicación con el número mágico de símbolos ortográficos. . . .

–*¿El número mágico? . . . Ja ja ja . . . ¿El número mágico?*

Leónidas Potosme sabía que eso era un mito. Millones de lectores acudían a la Biblioteca de Babel para encontrarlo. . . El mito era parte de una estrategia comercial creada para atraer turistas de todas partes del mundo. Eran seres infortunados. El sistema no podía culparlos por tener la ilusión de contaminar el ciberespacio.

–*¡Qué gran ganga! . . . ¡El número mágico! . . . Y pensar que el pobre Camilo y sus seguidores tienen las esperanzas puestas en eso . . . Ja ja ja . . .*

Una corriente de aire movió peligrosamente los cables. La descarga energética adormeció sus piernas por un instante . . .

–*Si tan solo pudiera alcanzarlos. . . Si tan solo pudiera arrojarme sobre ellos y enredar los cables en mi cuello para desactivar mi mecanismo. Nadie podría reactivarme. Provocaría un corto circuito que desactivaría también a otros hologramas . . . ¿Otros hologramas? ¿Es que acaso lo soy? ¿Es que acaso tengo derecho de desactivar a los otros? Yo que ni siquiera sé qué soy o quién soy en este mundo . . . Yo que ni siquiera he aprendido a distinguir entre clones y hologramas, entre humanos y abominables monstruos del ciberespacio. Yo no puedo. Yo solo no puedo. . . Yo solo no puedo. . . Pero lo necesito . . . Necesito los cables para acabar con este suplicio.*

Permaneció contemplando largo rato los enmarañados cables que escondían los mensajes encriptados de ciudad Nópticon, y la base del radar de transmisión espacial con el que podía comunicarse con el universo. Tarde o temprano, tomaría vengan-

crystalline brooks
specters of mutilated beings.
Fish swim, reproduce and die . . . .
But they have no bodies.
They have no physical materiality
in that cyberspace.

There, beyond the place where I come from
there exists a hexagonal gallery where
prosthetic fragments, mechanical mirages, voice devices,
computers of projected dreams,
secretly multiply.
New beings work, kill, hate, destroy, amuse themselves,
and, finally, they become confused . . . .
They become lost in the eternal parade of beings covered in skin,
finalized in skin,
and incapsulated by an absurd programmed DNA.

From the solitude of this place, all alone I can say:
That it's just about impossible to escape
the dictate of the Hidden Computer that governs cyber space . . .

za … Pero antes era preciso iniciar el discurso, esa declaración individual o colectiva que aflora de forma programada en los misteriosos laberintos del ciberespacio. El conocía métodos. En la biblioteca de Babel aprendió a desencriptar mensajes, a reprogramar los radares de transmisión; y, tan solo necesitaba un tiempo largo e impreciso para lograrlo. Mientras tanto, su desesperada voz podría filtrarse sin problema alguno. Su cibernético eco podría contaminar el ciberespacio por los siglos de los siglos, por los siglos de los siglos, por los siglos de los siglos . . . .

Allá del lugar de donde vengo
existen entornos cibernéticos
que llamamos seres,
sombras de edificios,
pájaros errantes
cristalinos arroyos
espectros de seres mutilados.
Los peces nadan, se reproducen y mueren …
Pero no tienen cuerpo.
No tienen materialidad física,
en ese ciberespacio.

Que allá del lugar de donde vengo
existe una galería hexagonal donde clandestinamente, se multiplican:
fragmentos protésicos, espejismos mecánicos, dispositivos de voces,
ordenadores de sueños proyectados.
Los nuevos seres trabajan, matan, odian, destruyen, se divierten,
y, finalmente, se confunden . . . .
Se desorientan en el desfile eterno de seres acabados en piel,
finalizados en piel,
y encapsulados por un absurdo ADN programado.

Y, desde la soledad de este recinto, tan solo puedo decir:
Que casi casi es imposible escapar
al dictamen del Ordenador obicuo que gobierna el ciber espacio...

Impreso en Estados Unidos
para casasola editores

MMXIII

casasola

COLECCIÓN CLÁSICOS
CENTROAMERICANOS

1910

EL VAMPIRO

✝

FROYLÁN TURCIOS

Prólogo de Helen Umaña